INMIGRANTE

Maurice Sepulveda

Publicado por Ibukku
www.ibukku.com
Diseño y maquetación: Índigo Estudio Gráfico
Diseño de portada: Jennifer Garcia Sepulveda
Copyright © 2021 Maurice Sepulveda
ISBN Paperback: 978-1-68574-051-1

Era pleno invierno en la ciudad de New York, en donde las bajas temperaturas llegan fácilmente a los quince o veinte grados Fahrenheit bajo cero, ese día martes del mes de noviembre no fue una excepción, estaba sumamente frío, el día y la noche anterior había nevado y por la madrugada había empezado a caer lluvia la cual con las bajas temperaturas se iba congelando a medida que iba cayendo, las carreteras estaban resbalosas y por lo mas peligrosas, hay veces en que las carreteras quedan cubiertas de una fina capa de hielo conocida como hielo negro o hielo claro, el cual es bastante resbaladizo y prácticamente imposible de divisar, siendo sumamente peligroso para los conductores. Recuerdo estar trabajando en la construcción de unas oficinas comerciales con un equipo de carpinteros de unión, el trabajo siempre fue ameno con ese grupo de compañeros todos ellos americanos y siendo yo literalmente el único latino de los sesenta empleados de aquella compañía constructora, había descendientes de Italianos, Irlandeses, Polacos, griegos y de otras razas lo que hacía todo más ameno y entretenido a la hora de trabajar. Aquel día martes era mi turno de pasar comprando café para un grupo de cinco que formábamos el sub equipo de instaladores de paredes y techo, me levanté con tiempo esa mañana para pasar por la cafetería y cumplir con el encargo, dos cafés negros uno con azúcar y el otro sin, un café con crema y dos de azúcar y el otro mitad crema mitad café con azúcar, el mío negro y azúcar, Camino a las oficinas y ya con el café comprado y los vasos bien acomodado para que no se volcasen, me fui manejado por la misma carretera que venía utilizando por ya casi un mes, mi carro en ese entonces era un Toyota corolla de dos puertas color beige que había comprado de ocasión unos meses atrás a un tipo que se encargaba de repartir materiales a las diferentes obras en construcción, el carrito estaba muy bien cuidado y en buenas condiciones algo pequeño pero confiable y económico en gas, estaba cayendo lluvia mezclada con nieve, recuerdo que la visibilidad era poca y aún estaba oscuro algo típico en temporada de invierno, iba manejando por una carretera de dos vías, mire el retrovisor y venía un camión detrás mío, en frente tenía una camioneta pick up y otros vehículos más, la carretera en vía contraria estaba llena, y la lluvia con nieve era cada vez más densa, los limpiaparabrisas los tenía funcionando en máxima pero aun así no se podía distinguir la ruta con claridad, la calefacción funcionaba perfectamente y tenia el radio prendido a medio volumen escuchando música y un poco de noticias, la mañana transcurría de lo más normal un típico día de semana en temporada de invierno. De repente veo que delante mío como a una distancia de cinco vehículos aproximadamente las luces altas de un camión de carga que venía por la vía contraria, empieza a moverse de un extremo a otro, así mismo los vehículos que iban delante mío pero por la misma vía, en un segundo el camión se salió de la carretera en lado contrario a mi vía y detrás de él venían otros automóviles en las mismas condiciones, veo por mi retrovisor y tengo el camión aún más cerca, trato de enfocarme en los automóviles que tengo enfrente y también en los que vienen en la izquierda por vía contraria y mi Toyota empezó poco a poco a patinar de un lado a otro perdiendo yo el control del vehículo, trate de maniobrar el volante de izquierda a derecha y viceversa pero era inútil, el Toyota no se dejaba guiar, miraba nuevamente para atrás y entre coleo y coleo el camión lo veía prácticamente encima, el otro camión que venía en sentido contrario lo vi salir completamente de la carretera y atrás del camión veo que una camioneta viene zigzagueando en dirección a mi, trate de frenar pero fue peor, en ese instante perdí el control total del Toyota y empecé a girar y a girar ya no mire camión alguno ni automóviles ni camioneta, ni lluvia y tampoco nieve, tan solo sentí el golpe que dio mi cabeza en contra del parabrisas, y una presión horrible en mis piernas, escuchaba los bocinazos que venían de todas partes, sentía la cara caliente, el Toyota se apago y hubo un silencio el cual no se que tan largo o corto sería, sentí un silbido agudo en los oídos y todo me daba vueltas, estaba desorientado medio aturdido trataba de ubicarme mas no podía moverme, ambas piernas estaban atrapadas bajo el volante y mi cabeza sobre el tablero, de reojo vi un poco de sangre en el parabrisas y percibí un olor a aceite quemado, mi primer instinto fue pensar en el café, ¡que desperdicio! mis compañeros contaban conmigo para tomar desayuno e inclusive había pedido azúcar y crema extra por si hacía falta, de reojo nuevamente trate de ver si aun estaban los vasos con café en el portavasos que me habían dado pero no los vi. Empecé a escuchar unas sirenas, mi primer instinto fue salirme del vehículo pero tenia mis piernas atrapadas y mi torso pegado al volante y por encima del tablero, no encontraba la manilla de la puerta ni tampoco la palanca de los cambios, escuche voces desde afuera y sentí que estaban tratando de abrir la puerta, el parabrisas estaba empañado y poco se miraba hacia afuera, pero si podía ver el reflejo de las luces intermitentes rojas y azules del camión de bomberos, una vez más busqué con la mirada los cuatro vasos de café pero no los hallaba, de repente sentí que la puerta se abrió y me deje caer hacia afuera, como pude saqué mis piernas y quede tirado en el suelo, dos tipos del cuerpo de bomberos habían logrado forzar la puerta del Toyota para ver si me podían sacar, trate de ponerme en pie pero todo me daba vueltas y los bomberos me sentaron en el suelo lo cual causo que me mojara todo el trasero, sentía la cara caliente, me lleve la mano al rostro y estaba ensangrentado, intentaba tocarme la cara cuidadosamente para saber de donde provenía la sangre, hasta que toque mi frente y sentí una cortadura grande la que me causó dolor el tocarme, mis manos estaban ensangrentadas al igual que mi ropa, me dolían las piernas pero no más que mi rodilla derecha, la conmoción a mi alrededor era de película, un tremendo camión semi volcado, tres vehículos chocados de un costado una camioneta un camión y el Toyota por otro, nada de eso impedía que siguiera lloviendo ni que dejara de sangrar o que cesara el dolor de mis piernas y en particular mi rodilla derecha, ahora bien, por lo menos yo había logrado darle unos cuantos sorbos a mi café, para mis compañeros fue un martes descafeinado, tomar cafecito antes de empezar a trabajar en área de construcción en pleno invierno conversando con los compañeros en New York, es Ley. El Toyota así como los otros vehículos, fueron víctimas del hielo negro, nadie puede percatarse de su existencia asta que estás patinando sobre el, mi vehículo se estrelló en un poste de teléfono los cuales tienen unos tres pies de diámetro, el golpe fue tan severo que la palanca de cambios quedó prácticamente en el espacio que hay entre el asiento trasero y el respaldo del asiento delantero. Llegaron los bomberos, policías, unos cuantos sapos que nunca faltan y los paramédicos quienes atendían a los accidentados dentro y al costado de la ambulancia siendo yo uno de ellos, me chequearon la herida en la cabeza y me trasladaron al hospital en donde después de unos exámenes y nueve puntos en la frente me dijeron que había sufrido una trizadura en el cráneo la cual sanará con el tiempo, también el golpe en la rodilla fue duro pero nada fracturado solo dolor, aún tenía el trasero mojado cortesía de los bomberos por haberme sentado en el suelo, pero ese era el menor de mis problemas. A los días regresé al trabajo y lo primero que me preguntaron mis compañeros fue por el café. Transcurrió una semana y media y fui a ver en qué condiciones había quedado el Toyota, no lo podía creer y no tan solo yo pero todo aquel que vio el vehículo, no comprendían cómo es que yo estaba con vida, era imposible creer el que no hubiese quedado aplastado o reventado por el impacto, el espacio que había entre el asiento del chofer y tablero era tan estrecho que nadie podía caber entremedio, el motor quedó prácticamente incrustado en el tablero, por un momento pensé que al Toyota lo habían chocado unas dos veces más después de mi accidente, curiosamente en la parte trasera detrás del asiento del pasajero había dos vasos desechables aplastados y con indicios de haber contenido café.

Ha llovido y nevado muchas veces desde que ocurrió ese accidente y cada vez que toco mi frente siento la trizadura en mi cráneo el cual nunca sanó completamente, me dijeron que fue tan solo un golpe fuerte el recibido en la rodilla pero curiosamente cada cierto tiempo siento que el dolor regresa, parte de la cicatriz ya no se ve a simple vista pero cada invierno cuando baja la temperatura y hace frío, siento un pequeño dolor en la frente que me lleva a recordar ese día martes en el mes de noviembre, en donde mis ex-compañeros de trabajo se quedaron sin tomar desayuno. Tuvo que pasar mucho tiempo y varios vehículos más para que hoy en día me movilice en un Toyota Corolla nuevamente y curiosamente es del mismo color.

Recordar es vivir y vivir crea recuerdos, ¿de qué sirven esas vivencias si no son compartidas?, cómo podríamos conocer a las personas mas profundamente si no escuchamos sus historias sus experiencias sus anécdotas sus triunfos y fracasos, he tenido muchas veces la oportunidad de escuchar historias fascinantes de parte de mis amigos y conocidos especialmente de uno de ellos quien tiene una manera muy peculiar de narrar sus cuentos, él es un tipo pasado los cuarenta, de unos cinco pies y ocho pulgadas de estatura, bien fornido muy delgado... en su época de juventud porque hoy en día ya no lo es, nos conocemos hace muchos años y hemos cultivado una amistad fortalecida en la confianza el respeto y lealtad, no andamos con tonterías, si nos parece algo mal o si estamos en desacuerdo en algo lo platicamos lo discutimos, nos gritamos lo solucionamos y seguimos adelante con nuestra amistad. La anécdota más simple narrada por este hombre, se convierte en la historia más interesante que puedas oír, es un tipo bonachón (buena gente), dispuesto a ofrecerte una ayuda si lo necesitas sin esperar nada a cambio, no tan solo es campeón para platicar ininterrumpidamente por horas si no que también tiene la paciencia para saber escuchar. Como tantos de nosotros él también es inmigrante, conoce bien lo que es llegar a los Estados Unidos sin nada de posesiones, necesitado de todo, sin que sobre nada y con ocho maletas de equipaje moral, llenas de sueños y anhelos por una vida mejor. Han pasado muchos años de arduo, duro y constante trabajo tanto para él como para mí, con la meta de poder llegar a estas instancias de la vida en donde podemos vivir tranquilos junto a nuestras familias, en nuestros hogares y disfrutar del fruto de nuestro esfuerzo. Hace un tiempo atrás, en una tarde de verano nos juntamos ambas familias para disfrutar parte del fin de semana y compartir un buen corte de carne asada y unas copas de sangría, como es habitual en nuestras reuniones, los temas de conversación son siempre variados y por lo demás extensos, pero esa tarde en particular la plática nos llevó a recordar el día en que tomamos la decisión de salir de nuestros países con destino a tierras norteamericanas, las razones y motivos no siempre son los mismos, pero si hay un común denominador en todos, y es el de superarse y encontrar las oportunidades que no tenemos en nuestros propios países. Destapamos una botella de sangría, hicimos el primer brindis de la tarde y la conversación por parte de él comenzó así. Fíjate vos maje, que después de caminar por varios días cruzando territorio Guatemalteco y con todos los riesgos que eso implicó logramos llegar a la frontera con México lo cual significaba varios días más de caminata e incertidumbre antes de llegar a la frontera con Estados Unidos, el hambre, la sed y el cansancio pasaron a formar parte del día a día, éramos un grupo de varias personas entre mujeres y hombres y un guía que nos trataba como si fuéramos parte de su propiedad, el temor de ser engañados y asaltados por la gente que se nos cruzaba por el camino y especialmente del guía era constante, mientras los días pasan y el viaje continúa aprendes a desconfiar hasta de tu propia sombra. La oscuridad de la noche se fue haciendo más intensa y el cielo nublado impedía que nos alumbrara la luz de la luna, por momentos me desoriente y quede solo, no podía gritar para ubicar a los demás por temor a llamar la atención de aquellos que no eran parte de mi grupo y que se dedican a robar especialmente a los inmigrantes que van de paso. El intento por reunirme con los demás fue inútil, desde ahí en adelante seguiría el viaje solo sin saber con seguridad hacia donde dirigirme, pero con la convicción de no echar marcha atrás y de estar aún más cauteloso y precavido que antes. Anduve caminando por dos días, al caer la noche intentaba dormir entre los matorrales aferrado a mi mochila, con hambre, sed y cansancio. De tanto caminar alle un sendero que me llevó a encontrar un pequeño pueblo, uno que otro poste eléctrico, sin soleras tan solo huellas de tierra y polvo, dos que tres perros y la infaltable gallina despistada que se aleja del gallinero, vi casas y unos ranchitos con gente muy humilde y ya en la salida del pueblo en la última casa, mire que habían varias personas reunidas las cuales tenían el mismo aspecto de viajero que yo, empecé a caminar con dirección a ellos pero se me cruzó un cipote de unos siete añitos sin camiseta pantalones cortos, despeinado, con mocos secos alrededor de su nariz y sin zapatos, se paró enfrente de mí, me miró y me preguntó si había visto pasar una gallina, lo ignore y me acerque al grupito de personas, trate de hacer conversación con ellos cosa que no me cuesta mucho, me enteré por medio de la platica que en ese pueblo y en particular esa casa estaban acostumbrados a ver pasar viajeros con destino al norte y con un poco de dinero se puede conseguir un plato de comida, agua y hasta una ducha para refrescarse. Sin pensarlo dos veces calmé el hambre que cargaba, sacie la sed que traía y me saque la mugre y el mal olor que llevaba encima. Hice camaradería con un tipo para continuar el viaje acompañado, no era el amigo ideal ni mucho menos pero al igual que yo, él también pensaba que caminar solo en territorio desconocido no era muy recomendable. Pasamos una noche mas a orillas del pueblo y continuamos viaje, desafortunadamente al caer nuevamente la oscuridad de la noche nos vimos envueltos en un asalto brutal, varios tipos armados nos salieron al camino y con pistola en mano nos llevaron junto a otras víctimas que tenían sentadas en el suelo cerca de unos arbustos, en número éramos alrededor de nueve ellos eran seis pero con las armas se multiplicaban en veinte. Nos despojaron de todo lo que cargábamos tenían experiencia y conocen todos los métodos que se utilizan para guardar el dinero por si llega a ocurrir un asalto. Yo tenia el dinero dividido en tres montos y cada uno en lugar diferente, a mi me encuentran uno, me quedé con dos, lo justo y necesario para terminar el viaje, a los demás los dejaron pelados pero por lo menos nos respetaron la vida, cosa que no siempre a sido así, se conocen de muchos casos de asalto en el cruce en que han terminado con varias muertes. La Bestia, así se le conoce a un tren de carga que recorre gran parte del territorio Mexicano y que inmigrantes provenientes de centro y Sudamérica utilizan como vía de transporte y llegar más cerca de la frontera con Estados Unidos. Nos subimos con el tren en movimiento corriendo nosotros a su costado en gran velocidad y con la adrenalina al cien por ciento, otros que ya vienen montados tratan de dar una mano a los que con esfuerzo logran subirse, para mi no fue fácil, casi pierdo el equilibrio y el agarre que había logrado alcanzar con la mano derecha a una escalera de fierro ubicada en la parte trasera del vagón, unos paisanos lograron sujetarme, gracias a ellos termine arriba de la Bestia y no debajo de ella. Viaje sobre el techo de la Bestia todo un día y una noche, sin comer ni beber nada, rodeado de personas desconocidas muchos de ellos con aspecto matonesco, sin saber a qué atenerme con temor de quedarme dormido y perder el equilibrio, las consecuencias serían devastadoras y hasta mortales, las historias que se escuchan sobre personas que han caído por descuido o por quedarse dormidos son muchas, personas que al caer han perdido sus piernas u otras extremidades, han ocurrido asaltos durante el viaje arriba del techo ya sea por dinero o comida, y así ¿quien puede dormir?. Historias como estas son las que este amigo nos permite escuchar, aquel fin de semana nos llegó la noche entre anécdotas, bromas e historias, las botellas de sangría se vaciaban sin percatarnos de la cantidad que habíamos debido, emborracharnos y hablar estupideces nunca a estado en nuestra agenda, agradezco su amistad y su forma de ser, tiene la particularidad de sacarle una sonrisa a la tristeza y de ver lo positivo dentro de todo lo negativo, no conoce la reversa siempre gira hacia adelante. Ambos compartimos el título de inmigrantes y también estamos seguros que como tales hemos aportado nuestro grano de arena para que esta gran nación siga creciendo, somos ciudadanos de bien, hemos trabajado honradamente desde nuestros comienzos hasta el día de hoy, no se si hemos alcanzado el sueño americano pero de seguro lo hemos intentado. Vivir y ser parte de este país habiendo nacido en otro no es fácil, a menudo caemos en la comparación y queremos todo lo que dejamos atrás aquí con nosotros o deseamos llevar todo lo obtenido aquí al país de donde venimos, nosotros los inmigrantes somos una cultura única y diferente a todas las existentes, mezclamos nuestras costumbres con las de otras culturas, tratamos de preparar y comer nuestros platos típicos con ingredientes improvisados, tratamos de aferrarnos a nuestra idiosincrasia pero el americanismo muchas veces nos gana, mezclamos nuestro idioma latino con el inglés y resultamos hablando spanglish, hay cosas que nombramos en inglés más no sabemos cómo llamarlas en español, todos los amantes al fútbol somos hinchas y fanáticos del equipo nacional de nuestro país de origen pero si nuestro equipo juega en contra de la selección de Estados Unidos hay sentimientos encontrados, esperamos que el resultado termine empate y que sea un buen partido, al estar viviendo aquí añoramos cosas y costumbres que nunca le prestamos atención al estar viviendo allá y cuando estamos de visita en nuestros países no hacemos más que refunfuñar porque las cosas no funcionan como aquí, pequeñas cosas como esas hacen que nuestra cultura inmigrante sea única y especial.

La velada llegó a su fin, hemos estado platicando por horas, nos hemos reído a carcajadas hemos brindado por uno u otro motivo, nos hemos despedido tres veces y en cada despedida surge otra plática, lo último que hablamos fue algo relacionado con nuestra descendencia y de las raíces que uno planta en este país, empezando por nuestros hijos y continuando con nuestro nietos quienes al nacer en este país dejan de pertenecer nativamente al nuestro, ellos son Americanos nacidos y criados en Estados Unidos, descendientes de hispanos pero al final del día son Americanos que aman su país su bandera su escudo y su canción nacional. Por mucho que coman y disfruten un buen plato de arroz y frijoles con nosotros, las hamburguesas y papas fritas siempre serán su prioridad, aprenden hablar en español desde temprana edad pero a medida que van creciendo quieren comunicarse con nosotros solamente en inglés, crecen y se casan con personas descendientes de culturas totalmente diferente a la nuestra, aunque traten de hacerlo con personas de descendencia hispana, un muchacho de padre Hondureño y madre Mexicana se casa con una chica de padre Chileno y madre Guatemalteca el choque cultural es tremendo y ni mencionar cuando una jovencita de padre Irlandés y madre colombiana se casa con un joven de madre Filipina y padre Español. El tema en sí era, ¿en qué punto o generación de la descendencia se llega a perder la información de sus raíces, como hacer para mantener viva y vigente la historia de quién llegó primero a este país y sembró la primera semilla?, ¿quien se encargará de contarle al tataranieto de mi amigo, que su tatarabuelo tuvo que viajar sobre el techo de un tren llamado La Bestia, todo un día y una noche, después de haberse perdido en medio de la noche, pasado hambre y haber sido asaltado con pistola en mano?. Cuando empezamos a sumergirnos en ese tema y después de ya habernos despedido, nos vimos en la obligación de abrir la última botella de sangría porque platicar de un tema de tal envergadura con la boca seca es dañino para la salud. Es imposible para cualquier persona saber hasta dónde llegará su descendencia y quienes llegarán a ser como personas en el futuro.

En el año 1840 llegaron a Estados Unidos muchas familias desde Irlanda escapando de la horrible situación económica en la que se encontraba ese país, con una gran hambruna que amenazaba día a día a sus pobladores, una de esas personas que llegó con su familia era de apellido Kennedy con el solo propósito de encontrar un mejor bienestar en estas tierra desconocidas para ellos, sin saber que su descendencia se convertiría en unas de las familias más influyentes en la política Norteamericana llegando a tener a uno de sus miembros, el Señor John F. Kennedy como presidente del país. ¿Significa esto que uno de nuestros descendientes llegará a postular por el mismo puesto?, la verdad no lo sé, ¿puede ser posible?, ¡si!. Hace un tiempo atrás tuve la oportunidad de estudiar en la universidad de Northwestern en la ciudad de Chicago, tomé un curso en psicología cristiana, estudiando el comportamiento humano comenzando desde su edad fetal pasando por su niñez, adolescencia, juventud, adultez y vejez. Al término del año uno de los exámenes finales consistía en hacer un árbol genealógico de nuestra familia, en aquella ocasión tuve la bendición de estar acompañado de mi madre quien se encontraba de vacaciones con nosotros y fue ella quien tuvo que indagar en sus más remotos recuerdos para recolectar información y hacer aquel árbol lo más extenso posible. Fue entonces que me di cuenta lo importante que es saber de donde provenimos. por el lado de mi madre tan solo pudimos llegar hasta mi bisabuelos, por parte de mi padre muy poca información solo hasta mi abuela.

Se acabó la sangría ya es más que tarde, el cansancio de la semana nos tiene agotados y ambos sabemos que es hora de descansar en cama, un último y definitivo adiós con la promesa y compromiso que la próxima reunión se haría en mi casa. He conocido mucha gente en mi caminar por la vida, y he aprendido que todos somos parte de un cierto grupo de amigos, algunos somos solamente conocidos de alguien, habemos quienes somos amigos ocasionales, hay amigos de juerga, amigos del equipo de football, amigos de Iglesia, amigos de la escuela, el amigo del trabajo, amigo es una palabra que se utiliza mucho pero que se aprecia poco, existen los amigos de antaño, de estos tengo siete con los cuales nos separamos hace cuarenta años pero seguimos en contacto, fueron parte importante en mi juventud la cual no fue tan fácil, les tengo mucho que agradecer. Creo que los amigos son de papel y se rompen con facilidad y es así como también pienso que existe la excepción, pues este amigo con el cual comparto una cena, un asado un paseo una copa de sangría, una pena, una alegría, es la excepción para mi, la vida y las experiencias me han enseñado lo suficiente para decir confiadamente que este Catracho .... en mi mejor amigo. Pasó el tiempo y nunca dejé de pensar en el tema de la descendencia, de nuestras raíces, en las historias y anécdotas que nacen al tener que llegar de forma ilegal a este país. en cierta ocasión teníamos en casa a mi nieto de nombre Brooklyn, el cual es muy inquieto y conversador, el es dueño de una personalidad única en lo que se refiere a compartir, preguntar y platicar, en él se refleja el típico caso de la mezcla de culturas el padre de mi nieto el cual es mi hijo es descendiente de hispanos y su madre es descendiente en segunda generación de Irlandeses. En una de sus preguntas quiso saber si el era hispano o no, porque prácticamente no habla español pero todos nosotros por parte de su padre sí y sobre todo porque el quiere y se considera hispano, después me preguntó qué parte de hispano era él, lo cual me causo mucha risa pero la última pregunta fue la que me inspiró a escribir este libro, me dijo Sapo, así me dice él desde que aprendió hablar, el día que empezó a caminar me seguía por todas partes mirando y averiguando a su manera qué hacía yo, y como en mi país le decimos sapo a ese tipo de personas curiosas, así lo empecé a llamar a el (jamás pensé que el tiro me saldría por la culata), Sapo me dijo ¿y tú en realidad de dónde vienes?. Querido Brooklyn, mi nieto amado yo fui quien llegó desde el país más austral de Sudamérica llamado Chile a echar raíces a este tu país Estados Unidos y esta es mi historia.

Eran aproximadamente las once de la noche cuando todos los que estábamos en la lancha teníamos dudas de salir airosos de aquella tormenta, el miedo y la adrenalina estaban de fiesta con nosotros desde que salimos rumbo a Miami, desde un pequeño muelle en la isla de Bimini, la marea empezó a cambiar como a los cuarenta y cinco minutos de haber zarpado, poco a poco el mar se fue tornando arisco y la embarcación se hacía cada vez más inestable, cuando salimos del puerto alrededor de las dos de la tarde el día no estaba totalmente soleado, pero tampoco estaba nublado, uno de esos días en que el sol aparece pero una que otra nube lo esconde por ratos, para el capitán de la lancha y su ayudante fue conveniente o más bien necesario zarpar ese día a esa hora y con ese clima, por mas que hago memoria no puedo recordar el momento preciso en que ya estábamos en medio de semejante tormenta, el cielo que desde un principio estaba luciendo su color celeste con sus nubes blancas escondiendo y mostrando el sol por ratos, se fue tornando gris, el celeste desapareció, las nubes ya estaban negras y el sol hizo su retirada final para nunca más volverlo a ver. Yo me encontraba sentado en la parte trasera de la embarcación por dos motivos el primero era porque al salir de Bimini los encargados de la nave o sea el capitán y su ayudante, tenían que transportar de modo ilegal y de contrabando a once personas Iraquíes con destino a tierras norteamericanas a los cuales me sume yo, al momento de embarcarnos se les vio reflejado en sus rostros el pánico que sentían al ver que todos tendrían que subir a tan pequeña e incómoda embarcación, el único lugar disponible era la parte frontal de la lancha que era un espacio sumamente reducido en forma de triángulo de unos siete pies de largo por cinco de ancho, poco a poco empezaron los encargados del viaje el difícil trabajo de acomodar uno por uno a los Iraquíes, y digo difícil porque a pesar de que todos querían abandonar la isla y llegar a Miami, el miedo de navegar hacia que cada uno de ellos entrara en un momento de pánico y tomaba más tiempo de lo requerido para subir a la lancha y dejarlos listos e instalados para el viaje que tan solo tomaría dos horas desde el momento de partida. Yo fui el tripulante número cuatro en ser acomodado, y al momento de cerrar la diminuta puerta quede totalmente enrollado en medio de otros once tipos sin espacio ni para rascarse una oreja, por algunas grietas lograba entrar un poco de luz y escasamente un poco de aire, en esos momentos el viaje y el entorno no se veía muy prometedor, pero después de todo lo que había vivido, soportado, experimentado y aguantado para llegar a ese instante, en que tan solo me quedaban dos horas de trayecto para llegar a mi destino final, el mismo que había comenzado casi seis meses atrás, era lo menos que me preocupa, el estar ahí dentro rodeado de once tipos en estado de pánico, era para mi parte del trámite, pensando en eso y en lo que me estaba medio acomodando escuche cuando encendieron el motor y la lancha empezó a moverse, en pocos minutos estábamos en plena navegación, todo se movía bastante y estábamos tan apretados dentro de ese hueco que no teníamos espacio alguno para evitar que todos nos golpeáramos entre sí, cada vez que la lancha hacia un movimiento brusco los escuchaba como rezaban y se daban golpes en el pecho, tan solo nos veíamos entre sombras debido a la oscuridad la cual de repente fue siendo más notable. Yo me sentía sumamente incómodo y mal sentado, intentaba buscar una posición mas cómoda cuando escuche que uno de ellos comenzó a vomitar, el olor que se sintió al instante era inconfundible, de inmediato trate de taparme la nariz y evitar respirar toda esa pudrición, en eso estoy cuando el tipo que estaba sentado justo al frente mío, dejo descargar todo su estómago sin piedad ni previo aviso y quedamos todos con salpicaduras de vómito, estaba tratando de evitar el contacto con toda esa inmundicia, y otro hombre más deposita sus tripas en medio de todos los que ahí estábamos sentados, trate de esquivar los vómitos pero era imposible, en ese momento y con ese tercer incidente sentí un enojo total y empecé a gritar llamando al capitán y su ayudante, toda esa situación se había salido de control, después de varios gritos por fin sentí que la velocidad de la lancha disminuyó y la puerta se abrió, se asomo el ayudante y con gritos preguntó qué estaba pasando, al ver la puerta abierta de inmediato trate de buscar el modo de salir, el gesto que hizo el ayudante con su cara acusó al instante la inmundicia en que se había convertido todo aquello, por la forma en que se estaban comportando todos ellos daba la idea que nunca antes habían navegado, no era tan solo miedo o incomodidad la que sentían, su rostro mostraba terror y pánico. El capitán el ayudante y yo, no sabíamos cómo calmarlos, al abrirse la puerta cuatro de ellos salieron abriéndome paso para que yo también lograra salir, el resto de ellos ni siquiera hicieron el intento de asomarse a cubierta y mientras los cuatro que sí se atrevieron estaban de rodillas y cabeza al suelo orando con una fuerza desmesurada. El capitán me preguntaba qué era lo que había pasado dentro del hueco, trate de explicarle lo más gráficamente posible lo acontecido, pero el olor a vómitos que provenía del hueco era más que suficiente para que ellos entendieran la gravedad de la situación y que yo no quería continuar mi viaje dentro de ese montón de vómitos. El ayudante rápidamente tomó la iniciativa y se puso a limpiar lo más que pudo, después de un rato y con mucha paciencia el capitán logró que todos ellos se quedaran dentro del reducido espacio y continuar con la navegación, ellos me explicaron que era imposible para los Iraquíes viajar en cubierta, la razón era porque no podían haber más de cuatro tripulantes en una embarcación de ese tamaño y de todas maneras el miedo que los pobres hombres sentían no se los permitía, mientras el ayudante estaba limpiando el vomito dentro del espacio asignado para todos, yo también estaba tratando de limpiar el vómito que estaba en mis zapatillas y en toda mi ropa, una vez terminada la limpieza, dejaron quedarme con ellos en cubierta y continuar la navegación, con todo ese alboroto no me había percatado que el cielo ya se encontraba totalmente oscuro las nubes estaban negras y cargadas, la brisa que nos acompaño al momento de subir a la embarcación se había convertido en un viento mensajero de tormenta y lluvia. El capitán no demoró mucho en dirigirse a su ayudante y comentarle acerca del cambio de clima, el ayudante contestó diciendo que según su información no estaba supuesto a llover y que la marea estaba supuesta a mantenerse en calma, pero nada de esa plática tuvo sentido cuando las primeras gotas de lluvia empezaron a caer, un minuto y llovizna cuatro minutos lluvia intensa, seis minutos tormenta, diez minutos y los tres estábamos mojados y en frente de un temporal que a todos tomó por sorpresa en la embarcación, el mar se desordenó por completo y la pequeña lancha se movía de un lado a otro, el ruido que hacían las gotas de lluvia cuando golpeaban el piso de madera de la lancha eran demasiado fuerte, las gotas eran tan grandes y gordas que causaban dolor cada vez que me pegaban en la cara, estábamos mirándonos entre el ayudante y yo como buscando una explicación a lo que estaba pasando, miró hacia el frente y el capitán está aferrado al timón tratando de mantener el control de la nave, las olas eran cada vez más grandes y golpeaban con fuerza los costados de la lancha provocando que esta se remesera bruscamente, el agua de lluvia más el agua de las olas tenían la cubierta prácticamente inundada, los destellos de luz comenzaron a ser acto de presencia seguidos de unos cuantos truenos ensordecedores, rayos, truenos, lluvia, olas enormes y agua por todos lados era la situación que estamos enfrentando, de repente el capitán llama a gritos a su ayudante el cual con esfuerzo logró llegar a su lado tan solo para recibir la noticia que una luz se había encendido en el tablero, indicando que una de las dos hélices estaba sin funcionar. Con toda esa conmoción yo no estaba seguro si avanzamos muy lentamente o simplemente no lo hacíamos, más bien se sentía como si estuviésemos estancados en el mismo lugar soportando el azote de las olas y tratando de mantener el balance tras el movimiento excesivo de la valiente lancha, la tormenta se volvió severa e intensa, los gritos desesperados que provenían del hueco hacia que todo fuera más preocupante, no teníamos la estabilidad ni el valor de abrir la puerta del hueco, eso habría sido peor, no había nada en esa atmósfera que diera alguna luz de esperanza o tranquilidad, yo estaba con mi adrenalina al máximo trataba de mantenerme consiente de todo lo que estaba sucediendo, ya venía en ese estado de alerta desde hacía meses listo para actuar, dispuesto a reaccionar a lo que se presentará, siempre a la defensiva y presto para defenderme. En medio de todo ese alboroto de repente se escuchaba un ruido fuerte, un chillido muy alarmante algo así como un taladro funcionando a toda velocidad, tal ruido duraba un ratito y después callaba, la lluvia, las olas, los truenos, los rayos, los gritos, el ruido el mar, y la turbulencia, me tenían en alerta absoluta, le doy una miraba a los dos tipos que por lógica eran los más experimentados, dueños de la embarcación navegantes con historia y tan solo podía ver miedo, asombro y pánico, las chances de confiar en ellos eran nulas, ambos se trataban de comunicar a gritos y señas hasta que uno de ellos se acercó al otro, mas no alcance a escuchar que hablaban pero el capitán alzando su brazo apuntó hacia mi y luego apuntó hacia popa, después de darse una rápida aprobación y con una palmada en la espalda uno de ellos, el ayudante, llego a mi lado moviéndose de un lado a otro y me pidió que fuera a sentarme en la parte trasera de la lancha, en donde había un pequeño asiento en forma de banquillo forrado en cuero de color café oscuro, alrededor de la parte trasera también había una barandilla que parecía de bronce supongo que el objetivo de dicha baranda era para mostrar que hasta ahí llegaba la lancha y también para evitar que alguien se cayera al agua, cuando me decía a gritos que me sentara en esa parte de la lancha también me explico que era para tener un poco más de peso en la popa, con los once Iraquíes sentados en el hueco al frente de la lancha el peso era desigual, estábamos navegando tan solo con una turbina de dos, la otra había dejado de funcionar hacía ratos, el oleaje era tan severo que en momentos las turbinas quedaban en el vacío y la única de ellas que todavía funcionaba quedaba en el aire y fuera del agua, provocando ese ruido que a cada rato escuchábamos, esa era la razón por la cual no avanzábamos parecía que estuviéramos estacionados en el mismo lugar por horas, a nuestro alrededor no teníamos ningún punto de referencia todo era mar, cielo, truenos, rayos y un oleaje cada vez más intenso. Ya sentado en la popa ósea en la cola de la embarcación me aferré con todas mis fuerzas a las barandillas de bronce, en frente de mí tenía toda la panorámica de la odisea que estamos todos viviendo, el capitán tratando de maniobrar el timón de la lancha a diente apretado, yo veía como las olas lo golpeaban de un lado y de otro, el ayudante se sostenía de unos tubos de fierro que estaban atornillados al piso de la embarcación de los cuales salían unas canas de pescar, del hueco solo se escuchaban gritos y pataleos pero en ningún momento se abrió la puerta, ellos estaban capeando la tormenta ahí dentro y nosotros afuera. Estoy sentado sin soltar las barandillas en ningún momento sacudo mi cabeza para quitarme de la cara el pelo mojado que me cubría los ojos, así mismo trato de acomodarme porque el movimiento de la lancha provocaba que resbalara hacia adelante y de repente me entraba agua a la boca con un gusto salado. Mojado de pies a cabeza más los rayos, los truenos, la lluvia, las olas y el ruido chillón de la hélice en el vacío y el movimiento brusco de la lancha me tenían tan alerta y a la vez tenso que perdí por completo la noción del tiempo y a pesar que tenía reloj, no me atrevía a soltarme de la barandilla para ver la hora, era imposible hacer un recuento y decir con exactitud en qué momento había empezado todo, fue algo así como apagar el interruptor del buen clima y encender el otro de la tormenta, otra vez sacudo mi cabeza para despejarme el rostro y veo que la lancha empieza a subir poco a poco como estar montados arriba de un elevador, en realidad estábamos sobre una ola enorme que se elevaba lentamente y a medida que subía se veía y sentía como si estuviésemos en el aire, el ruido de la hélice en el vacío no dejaba de sonar, era la primera vez que el ruido duraba tanto tiempo, yo estaba asombrado y al mismo tiempo aterrado de ver la lancha a esas alturas, tuve la oportunidad de ver rápidamente a mi alrededor y tan solo podía divisar vacío, el cielo, la lluvia y el mar eran uno solo y cuando llegamos a lo más alto, lo más lógico era que nos diéramos vuelta y naufragar, todo era muy intenso, en qué momento empezó todo esto me preguntaba pero la adrenalina no me dejaba encontrar respuesta, con mis manos apretadas empuñando la barandilla de bronce empiezo a sentir en mi estómago el descenso, apenas empezamos a bajar volteo la mirada hacia la derecha y veo que al mismo tiempo que vamos bajando, una muralla de agua comienza a levantarse a la diestra de la embarcación, entre más descendíamos más alto se hacía la pared de mar que amenazaba con caer sobre nosotros, al capitán lo perdí de vista por unos instantes porque del lado izquierdo cayó una ola que cruzó la lancha de un extremo a otro obstruyendo mi visibilidad por un instante, más cercano a mi estaba el ayudante quien ya no estaba de pie sujeto a los tubos de metal, él se encontraba de rodillas en el piso pero aún aferrado a los tubos con la cabeza gacha casi entremedio de sus piernas, supongo que el pánico o el miedo hicieron presa de el y ya no encontró el valor para ver lo que estaba sucediendo, mis ojos estaban fijos en la pared de mar la cual crecía y crecía cada vez más, no deseaba que cayera sobre nosotros pero era lo más lógico a suceder, en un instante me di cuenta que el ruido de la hélice dejó de sonar, automáticamente supe que estábamos sumergidos lo suficiente para que el agua llegara a nivel de cubierta, ya podía ver al capitán quien estaba abrasado del pequeño timón con la cabeza hundida entre sus brazos sin la más leve intención de ver que pasaba a su alrededor, yo no lograba descifrar que era lo más aterrador, si el hecho que estábamos en el ojo de una tormenta eterna con un noventa y cinco por ciento de probabilidades de naufragar y desaparecer por siempre, o el ver a los dos hombres encargados de la navegación y responsabilidad de llevarnos sanos y salvos a nuestro destino, aterrados hechos nada por el miedo, uno de ellos en el suelo convertido en un trapo anudado a un tubo de metal y al otro solapado en el timón encomendando su alma a saber a qué o a quién, con un miedo que se reflejaba hasta en los zapatos que calzaban. todo el viaje era un desastre la lancha descendiendo más abajo que el nivel del mar, las olas mecían la nave de izquierda a derecha de arriba hacia abajo, mire nuevamente a mi lado derecho y solo podía ver esa pared de mar gigante, era tan alta que no podía divisar el cielo por más que mirase hacia arriba, a mi izquierda el oleaje era intenso pero no tan alto y de nuevo pensé que el final había llegado, tan solo estaba esperando que esa muralla de mar se derrumbara sobre nosotros y nos sumergiera con lancha y todo, pensamientos fugaces y entrecruzados pasaban por mi mente no me resignaba a creer que mi viaje acabaría en medio del mar víctima de una tormenta que llegó de la nada, una y otra vez pensaba en cómo sobrevivir después que nos volteáramos, no lograr el objetivo principal por el cual deje a mi madre, mi familia, mis amigos, mi noviecita de escuela y todo lo que formaba mi vida, no era algo muy fácil de abandonar, mi meta era llegar a Estados Unidos sin importar cómo ni cuándo, renunciar no era una opción sobrevivir y avanzar era la tarea que venía haciendo desde que había salido de mi país meses atrás. Nuevamente vamos para arriba, como seguíamos a flote no lo comprendía pero la lancha empezó a subir y a subir y a subir yo era el único que estaba viendo todo lo que ocurría, las trece personas que se encontraban a bordo estaban aguantando el azote del temporal sin ver el tamaño de las olas, tampoco la altura que alcanzaba la embarcación montada en la ola, o el fenómeno de estar hundiéndose en el mar con una interminable pared de agua al costado, nuevamente quedamos elevados a tal altura que no se lograba ver fondo, estábamos literalmente elevados y sentados en una ola gigante en medio del océano, así como un vaquero trata de dominar a un toro bravío montado en el lomo del animal, a todo esto el sonido de la hélice en el vacío era la señal que indicaba que tan alto estábamos llegando, era imposible distinguir que era lluvia o que era mar, hubo una instancia en que los rayos cesaron y por un buen rato no se podía ver nada, la oscuridad llegó a ser plena pero el sonido de la hélice era desesperante y estaba ubicada prácticamente a mi espalda, pero curiosamente esa fue la última vez que escuche el ruido de la turbina, y nuevamente me invadió la sensación de cuando uno se está lanzando por un tobogán, ese cosquilleo en el estómago y sentir que todo lo que hay dentro del él quiere salir, empezamos a descender nuevamente pero esta vez fue más rápida y fuerte la caída, el golpe me estremeció todo y por primera vez corrí el riesgo de caerme fuera de la lancha, el ayudante que continuaba en el piso dio un rebote que lo hizo gritar no de miedo pero si de dolor, en esas circunstancias estuvimos por un tiempo que me pareció una eternidad y dos semanas más, la lluvia continuaba y los rayos nuevamente iluminaban la lancha y la precaria situación en que todos nos encontrábamos. Años atrás siendo un adolescente tuve la oportunidad de hacer un viaje con uno de mis hermanos en un buque de las Fuerzas Armadas, cada cierto tiempo la tripulación del buque tiene la oportunidad de llevar un invitado por todo un día en donde navegar es parte de la experiencia que se ofrece a los invitados, en esta particular ocasión nos tocó atravesar por una tormenta bastante fuerte y tuve la experiencia de ver como se movía ese buque de lado a lado y como las olas golpeaban todo lo que estaba en el camino, pero la forma tan profesional en que se desempeñaban los marinos daba una sensación de confianza única, eran dueños de la situación parecía que la tormenta no tenía chance de hacer algún tipo estragos. A lo contrario en esta ocasión, el capitán y su ayudante estaban hechos miseria, no se realmente como tendrían que haber enfrentado la situación para que no se notara tanto que la tormenta les había ganado la partida y por mucha diferencia, era evidente que ellos jamás habían experimentado un temporal de esta magnitud y la realidad era que ninguno de todos los que estábamos a bordo podría haber vivido esa situación anteriormente, el sube y baja de la lancha

seguía siendo devastador pero aquel viejo y añejo dicho que dice "
después de la tormenta siempre viene la calma", se convirtió en realidad poco a poco las olas fueron desapareciendo la lluvia se convirtió
en una suave llovizna hasta que dejó de llover por completo, la lancha
ya no se movía tanto solamente lo normal, la cubierta estaba totalmente mojada y sobre ella todavía estaba tirado y empapado el ayudante que comenzaba a dar síntomas de vida y quien lentamente fue
poniéndose de pie, estirando las piernas sus brazos y dando voces de
dolor conjunto a un sin fin de maldiciones dirigidas al temporal que
le había dado una paliza como nunca antes en su vida, de igual manera el capitán empezó a dar sus primeros comentarios de la tormenta sin primero maldecir a todo y a todos los que pudieran ser respon-
sables de tal temporal, ambos mojados y agotados pero más que todo
asombrados e incrédulos de haber sobrevivido una tormenta de tan
gran magnitud, se acercaron a mí y me preguntaron como me encontraba yo les conteste que estaba bien, pero así como yo miraba en el
mal estado en que se encontraban ellos, también ellos miraban en el
pésimo estado en que estaba yo, nos pusimos a comentar todo lo
ocurrido y el ayudante dejo mostrar una leve sonrisa y me dijo ....
brother ya puedes soltar la barandilla no te vas a caer, el capitán me
dio una mirada y soltó una sonrisa al verme aún aferrado a la baranda
todo mojado, desordenado, despeinado y agotado, me costó soltarme de la barandilla de bronce, estuve pegado a ella por horas sabiendo todo el tiempo que de ella dependía el que yo siguiera sentado
arriba de la lancha y no terminar fuera de ella, el capitán observó su
reloj se dio cuenta de la hora y con gran asombro dijo...no lo puedo
creer son las diez y media de la noche hemos estado en el mar por casi
ocho horas esto es increíble, hemos estado bajo una tormenta por
horas y sin avanzar nada esto no tiene explicación, el ayudante estaba
en el mismo sentir que su capitán y yo tan solo escuchaba y trataba
de expresar con gestos que no tenía idea de lo que había pasado, para
mí todo era primera vez, nunca antes había cruzado en lancha desde
Isla Bimini a Miami, no tenía idea de como era normalmente el tra-

yecto pero ellos ya tenían varios viajes a cuestas y lo que se vivió ese día jamás había sucedido antes, el asombro y sorpresa que mostraron ellos era evidente yo los miraba y no sabia que decir y la verdad era que no me interesaba comentar ni hablar del temporal, ni de las olas, tampoco de la lluvia, tan solo quería llegar a mi destino me sentía agotado, el cansancio y el mal dormir que venía arrastrando de meces me estaba pasando la factura, tenía hambre y sed, me puse de pie y el dolor que sentí en mi espalda en el cuello y en mis piernas eran malas noticias para mi, porque todavía estaba en medio del océano y no tenia la mas mínima idea de que me esperaba para llegar a la meta, pensando en eso estaba cuando de repente escuchamos un ruido fuerte, el capitán el ayudante y yo nos sorprendimos y dirigimos la mirada al hueco, el ruido era resultado de las patadas que le estaban dando a la pequeña puerta que tenía el hueco en frente de la lancha, eran los Iraquíes que no se porque razón ninguno de los tres que estábamos en cubierta no nos acordamos de ellos yo creo que todo el suceso llegó tan de sorpresa, todo empezó de un minuto a otro y además el temporal fue demasiado intenso, abrumador, aterrador que el hecho de no estar ellos a la vista aportó sin querer a que pasaran desapercibidos, aunque curiosamente todos estábamos conscientes que estaban ahí, el capitán al estar justo en frente del hueco reaccionó nerviosamente y atinó a soltar el seguro de la puerta y ver como se encontraban todos ellos, rápidamente salió el primero seguido de tres más todos gateando y vueltos nada, el estado en que iban saliendo daba pena, el olor que salía del hueco era apestoso, olía a vómito y orina todos embadurnados y golpeados, yo que antes los había visto y que había compartido con ellos por casi un mes en una casa que clandestinamente se prestaba para esconder inmigrantes ilegales para después enviarlos a estados unidos, me podía dar cuenta de lo mal que se encontraban, anteriormente los había visto bien vestidos, limpios, peinados y presentables hasta el momento que subieron a la lancha, ahora que los veía salir de ahí dentro me preguntaba si valía la pena todo eso. El capitán se puso muy nervioso al verlos en tan mal estado y también porque en el reducido espacio que brindaba la cubierta de la lancha, había trece personas de pie, mas yo que nunca dejé mi puesto del banquillo con su barandal, que fueron y seguían siendo para mi un sitio seguro en donde estar, la pequeña cabina en donde el capitán se había asilado durante todo el tiempo de tribulación, tenia un cajón tipo gabinete con dos puertas las cuales tenían un lazo entre manilla y manilla para mantenerlas cerradas, el ayudante desamarro el lazo y una vez que se abrieron las puertas, cayeron de una repisa varios artículos de limpieza los cuales quedaron desparramados en la cubierta, el hombre sacó de adentro un balde plástico color amarillo que se notaba viejo y descolorido y mientras tanto el capitán recogía el tiradero de cosas para ponerlas de vuelta en la repisa del gabinete, el ayudante se dirigió a un costado de la lancha con balde en mano, con un poco de esfuerzo se inclinó y lleno el balde con agua, se puso de pie paso por entre medio de todos y lanzó el agua adentro del hueco, se voltio para hacer y repetir lo mismo, pero esta vez el capitán se acercó y le arrebató el balde de las manos, el mismo fue se inclinó lo lleno con agua y lo tiró dentro del hueco pero esta vez con más fuerza y rapidez, el capitán se notaba azarado y nervioso, lenguaje corporal que de inmediato supo interpretar el ayudante y comenzó a recibirle el balde al capitán para luego el llenarlo de agua, entregárselo de vuelta y así seguir limpiando la cubierta con más efectividad y rapidez, tan solo con el segundo balde de agua comenzó a salir de ahí dentro toda esa inmundicia que provocaba el mal olor, en plena tarea de limpieza estaban el capitán y el ayudante, cuando cuatro Iraquíes se arrodillaron a un costado de la lancha y oraban inclinando sus cabezas al piso una y otra vez, la cubierta se veía aglomerada así como un vagón de tren en la hora más ocupada del día, el capitán y el ayudante entraron en desesperación por querer terminar su tarea lo más rápido posible, mientras los otros siete Iraquíes se hacían de un lado a otro tratando de no ser estorbo para los aseadores, uno de los cuatro oradores estaba tan cerca mío que cuando inclinaba su cabeza al suelo pasaba rozando parte de mi pierna y su cabeza tocaba mis pies, no me molestaba pero sentía cierta incomodidad, los otros tres continuaban aclamando a su Dios, dos o tres de los que estaban de pie hablaban entre sí, mientras yo seguía sentado en mi banquilla observando, pensando y analizando cautelosa y minuciosamente todo lo que acontecida, yo sabía que varios de los Iraquíes tenían el hábito de fumar, pero uno de ellos en particular había compartido uno de sus cigarrillos conmigo cuando estábamos en la Isla, en esos momentos lo busque con la mirada y le hice una seña pidiéndole un cigarrillo, me miró, sonrió e introdujo la mano dentro de su chaqueta y sacó varias cosas que tenía dentro de una bolsa plástica y entre papeles sobres y otros objetos encontró una cajetilla con tres cigarros maltratados y arrugados, se acercó y me brindó uno, sacó el encendedor de la misma bolsita prendió mi cigarrillo luego el suyo y disfrutamos un momento echando humo a placer, me tome el tiempo de verlos a todos uno por uno, el estrago sufrido fue devastador, el rostro de cada uno de ellos mostraba los golpes de la tormenta, sucios y malolientes algunos aún temblando no sabía si de frío o de miedo, no sé cómo me verían ellos a mi, horas antes de embarcarnos en la Isla yo vestía un jean azul claro ya desteñido que me había comprado cuando tenía diecisiete años allá en chile, también tenía puesta una camiseta con cuello algo así como un polo de color morado, no tenía medias ni calzoncillos los había dejado en el camino así como fui dejando y perdiendo poco a poco todas mis pertenencias, cargaba una chaqueta de color beige claro que tiempo atrás me había regalado mi hermano Patricio, tenía el pelo largo y mal arreglado hace más de cinco meses que no me cortaba el pelo, mi barba y bigote combinaban con mi pelo sin un corte, estilo o diseño alguno, años después aprendí de alguien a quien quiero muchísimo, que un buen corte de pelo requiere de tener capas y volumen de los cuales yo no tenía ninguno en ese momento, estaba sumamente delgado y no por causa del gimnasio o dieta más bien por la escasez de alimento que venía arrastrando desde hace ya ratos, que equivocado estaba el ayudante cuando me sentó en la parte de atrás de la lancha, con el único propósito de nivelar el peso de la nave, ¿en que estarían pensando?. Hasta el día de hoy no tengo memoria de haber disfrutado un cigarrillo de la forma en que lo hice esa noche por un momento y tan solo por ese momento me sentí relajado, desde mi fiel asiento de cuero color café continuaba observando a mi alrededor, pero no me había percatado antes de lo pequeña que era la lancha hasta que todos estábamos en cubierta, ¿como fue que no nos hundimos? ¿Cómo fue que esa lancha no se volteó?, nadie había literalmente visto lo fuerte que las olas golpeaban la lancha, ni a qué altura o profundidad estuvimos tantas veces y acorde con mis cuentas estuvimos bajo temporal un promedio de ocho horas, de las cuales ninguno de los Iraquíes observó nada, ellos estuvieron encerrados por todo ese tiempo, el capitán sentado en su cabina en una posición que parecía avestruz, con su cabeza enterrada entre sus brazos sin levantar la mirada ni una sola vez, el ayudante se aferró a ese tubo de metal atornillado al piso y nunca se soltó, se enrollo en el tubo como serpiente y tampoco levantó la mirada durante todo el temporal, en cambio yo estuve mirando todo, minuto a minuto hora tras hora fui testigo de la fuerza y poder que posee la naturaleza, me di cuenta de lo vulnerable que somos ante lo desconocido, no tenemos el poder ni defensa necesaria ante la fortaleza del mar, el porque estábamos todavía los catorce tripulantes con vida después de ocho horas de temporal, golpeados y maltratados por el viento, lluvia, olas, truenos, rayos, esa era la pregunta del millón. Parecía que el mar también se había cansado después de semejante traqueteo porque se encontraba en un estado de calma total, en donde la lancha se movía tan solo porque los tripulantes lo hacían no porque el mar lo provocase, mire hacia arriba y las nubes se habían ido a dormir, el cielo estaba despejado y la luna nos cubría con su luz, a mi lado aun seguían dos Iraquíes orando con un profundo frenesí, no parecían estar seguros que su Dios había escuchado sus peticiones o tal vez la lista de arrepentimientos era más larga que sus otros nueve amigos que ya estaban de pie, a lo mejor el agradecimiento por estar aún vivos después de todo lo ocurrido no era suficiente para ellos, estaba mirando pensando y repasando la travesía y me doy cuenta que estamos detenidos en el mismo lugar no escucho el motor ni la única hélice que estaba funcionado y que sonaba como cuando alguien está matando un cerdo, cada vez que la ola nos levantaba y quedaba en el vacío, entre todos los que estaban de pie trato de ubicar al capitán, quien ahora estaba tirando agua con el balde amarillo viejo y desteñido en toda la cubierta y le pregunté qué estaba pasando, porque el motor no estaba funcionado porque estábamos sin avanzar, dejó caer el poco de agua que tenía en el balde se acercó a mí y me dijo … el motor lo apague hace mucho rato atrás cuando la hélice sonaba más prolongadamente, me dio miedo que se dañara, siendo esa la única que nos queda buena y también porque cuando la lancha entraba en el mar nuevamente, avanzábamos pero sin saber en qué dirección yo perdí toda noción de donde estábamos, era imposible para mi ver nuestra ubicación en medio de semejante temporal, pues esa fue su respuesta y con la misma me quede, me pareció bien lo que dijo y no entre en ninguna lógica de navegación porque en lo que estábamos hablando veo en una distancia no muy lejana un inmenso barco turista, espectacularmente iluminado y resplandeciente yo creo que tenía luces hasta en el ancla, por el hecho de haber estado ase unos meses atrás trabajando en la isla de Bahamas y haber tratado de embarcarme en uno de esos barcos que hacían turismo entre Miami y Bahamas, se me hizo fácil reconocer qué clase de embarcación era, veo al capitán y le hago una seña con mi mano apuntando hacia el barco y le digo, mire para allá el tremendo pedazo de barco que viene en esta dirección ; tanto el capitán como el ayudante entraron en pánico y rápidamente empezaron a dar órdenes de meterse nuevamente en el hueco, uno por uno y en tiempo record todos estaban de vuelta en el hueco con puerta cerrada y en silencio, el ayudante me miró y me señalo que me quedara en el mismo lugar sentadito y pilas, el capitán se ubicó en frente de su cabina y encendió el motor, el ayudante se quedó a la par del capitán y en un suspiro ya estábamos navegando, el barco turista paso por un lado de nosotros, la lancha parecía tan pequeña comparada con ese enorme barco, seguimos navegando hasta que llegó el momento de perderlos de vista, por lo que ellos entre decían y por los gestos que hacían pude percatar que estábamos alejados de la ruta marítima que debíamos seguir, pero no se mostraban preocupados por ese hecho y por primera vez desde que habíamos zarpado de Bimini los mire con la verdadera intención de llegar a puerto lo más rápidamente posible, un viaje que normalmente toma dos horas y minutos en llevarse a cabo se había convertido en una odisea de casi diez horas, durante toda la tormenta estuvimos dando vuelta sin retroceder pero tampoco sin avanzar, pasaron unos treinta minutos y en la distancia logre divisar un montón de luces pequeñitas, estoy tratando de ver un poco mejor y pensando el porqué de esas luces, cuando el ayudante viene a mi y me da la noticia que por tanto tiempo había esperado, aquellas luces eran parte de la costa de Miami, la emoción y la satisfacción que sentí me dieron un sentimiento de alegría, me puse contento pero incrédulo al mismo tiempo no estaba seguro de cómo reaccionar, cientos de pensamientos se hacían presente en mi mente, me parecía tener muchos años encima, después de todo lo vivido durante el camino, desde que aterrice en Panamá con solo un pasaje de ida y con $200 dólares en el bolsillo, dinero que me habían prestado con la promesa de devolverlos apenas empezara a trabajar en los Estados Unidos, mis pensamientos estaban totalmente alborotados sin orden sin una secuencia, desde Panamá me transportaba a Bimini y recordaba en las condiciones que llegue a la Isla sin conocer a nadie sin saber a donde llegaría no teniendo idea si esa tarde lograría comer algo o si al llegar la noche tendría un lugar en donde dormir, sin un equipaje tan solo con lo que llevaba puesto, pensaba en aquella vez que pase unas noches en vela en una playa en la Isla de Bahamas, porque simplemente no tenía un lugar en donde dormir. Las luces de Miami se hacían cada vez más claras, evidentes y verdaderas a medida que avanzábamos, la emoción interna que sentía y las ansias de llegar a tierras norteamericanas me hacían pensar que si me tocaba nadar desde ahí hasta Miami lo haría sin pensarlo dos veces y ese tipo de pensamientos me hacían enfrentar la realidad que tan solo tenía en mi currículum la experiencia de haber vivido en este mundo por tan solo, diecinueve primaveras.

Desde que había cumplido quince años tuve la inquietud de abandonar el país, a esa edad es difícil valorar todo lo que está a nuestro entorno, no se aprecia el sacrificio de los padres o de las personas mayores que de alguna manera u otra aportan y ayudan a nuestro desarrollo y crecimiento como seres humanos, a esa edad uno se comporta de un modo egocentrista siempre se busca la manera positiva o negativa de ser el centro de atracción, a esa edad no hay nada más importante que nosotros mismos, todo gira en torno a nuestro eje, eso es parte de del crecimiento parte de ser adolescente, el ambiente que nos rodea más las personas con las cuales convivimos a diario y el ambiente del hogar en que nos toca crecer, define la personalidad de cada individuo, así es como todos llegamos a ser diferentes en personalidad pero iguales en desarrollo.

Durante cuatro años estuve buscando la oportunidad de salir del país y viajar a los Estados Unidos, ese sueño nunca se esfumó, paso mi adolescencia con todas esas tribulaciones y cambios hormonales, después llegó mi época de juventud muy normalmente, termine la escuela participe en deportes me hice de amigos, conocí a una muchacha muy valiente que acepto ser mi novia, trabaje un tiempo como parrillero en los buses y obtener un poco dinero y no pedirle tan seguido a mi madre, también trabaje como ayudante en un taller de soldadura, lo que ganaba me alcanzaba tan solo para pasarla bien con los amigos y la novia, nunca para mantenerme menos para independizarme, toda esa época significaba para mi tan solo un trámite de espera, el objetivo principal siempre fue salir del país, me imaginaba trabajando en construcción con un casco amarillo guantes y herramientas colgando de mi cinturón, construyendo y remodelando casas, tal y como miraba en algunos programas de televisión y películas que se hacían en Estados Unidos, mis anhelos no eran formar una fortuna ni manejar autos lujosos, tampoco pensaba en comprarme una casa enorme para vivir, tan solo quería salir del país y llegar a los Estados Unidos trabajar en construcción y ser independiente, todo lo demás se daría con el tiempo y según las oportunidades. Los deseos de ayudar a los demás empezó a crecer a medida que el tiempo me mostraba la necesidad de quienes me rodeaban, pasaron casi cuatro año hasta que se presentó una oportunidad real de poder viajar, ya lo había intentado anteriormente dos veces pero sin éxito, viajar a Estados Unidos vía legal era prácticamente imposible, los requisitos para obtener una visa de cualquier tipo eran inalcanzables para personas catalogadas de clase media baja, la otra manera y la más conocida era viajar a México y de ahí en adelante comenzar la tarea de acercarse al territorio norteamericano, pero en esa época México tenía sus relaciones diplomáticas rotas con Chile desde 1974 debido a que el General Pinochet gobernaba el país en ese entonces y no teníamos acceso a visas, por lo tanto era más difícil para nosotros los Chilenos encontrar una ruta adyacente que nos permitiera la entrada a territorio Norteamericano, se rumoreaba mucho la posibilidad de viajar a Puerto Rico y desde ahí volar a Estados unidos pero nunca intenté hacerlo.

Un buen día llegó a mis oídos la noticia de una nueva ruta que ciertas personas habían intentado con éxito, el viaje en sí consistía en tomar un vuelo desde Chile a Panamá, desde Panamá otro vuelo a las islas de Bahamas y desde Bahamas a Estados Unidos, la travesía en papel se veía fácil y sumamente factible, planificar el viaje no lo era tanto, empezando por juntar el dinero, conseguir contactos y trámites de visa. No deje pasar mucho el tiempo para empezar a movilizarse seriamente y conseguir más información sobre esta ruta, el primer paso fue visitar la embajada de Panamá en donde me confirmaron que para viajar a dicho país necesitaba tramitar una visa y en este caso sería una de turista, mientras tanto y por otra parte estaba consiguiendo datos e información de personas que ya habían viajado utilizando el mismo método. Hoy en día conseguir información de cualquier índole es tan fácil y rápido que nunca deja de asombrarme, desde la información más sencilla hasta la más complicada está en frente de una pantalla de computadora y un teclado e incluso más fácil aún, en un teléfono celular que al igual que la computadora, jamás deja de asombrarme con su desarrollo y avance tecnológico a pasos agigantados, para mi y para todos aquellos que fueron parte de los años ochenta, época en que estaba planificando el viaje no era tan fácil, empezando por el gran inconveniente de no tener teléfono en casa, yo tenía que caminar un promedio de seis cuadras para llegar al teléfono público más cercano, el cual estaba ubicado en un área comercial de varios almacenes, ahí se ubicaba la carnicería, la frutería, el almacén de los abarrotes, también estaba la peluquería y la oficina o local en donde se encontraba ubicado el teléfono público, la oficinita quedaba a unos pasos del gimnasio de boxeo donde yo entrenaba bajo las enseñanzas de un viejo campeón chileno. El tan demandado teléfono negro y de disco, siempre estaba ocupado, en ocasiones la línea de personas esperando su turno para hacer una llamada era de diez y más, el límite para hablar era de cinco minutos, el cual nadie respetaba, las discusiones y los malos entendidos eran algo que ocurría con frecuencia, todos pensábamos que nuestra llamada era la más importante, con un par de monedas que había que pagar antes de mirar el teléfono, obtenías el derecho a llamar y solucionar la diligencia del momento, casi a diario mi madre me mandaba a comprar algo en aquellas tiendas y me daba cuenta que la línea de personas esperando su turno para ocupar el teléfono, siempre estaba igual y cuando iba a la practica de boxeo tenía que pedirles permiso y pasar entre medio de ellos para entrar al gimnasio. Pasaron un par de meses para tener una idea clara de todo lo que implicaba realizar dicho viaje, los contactos en Panamá ya estaban en la lista aunque no muy confiables pero era todo lo que se pudo conseguir, una familia la cual me recibiría y me daría hospedaje, un nombre una dirección y nada más, la cita para la embajada Panameña ya estaba concertada y el dinero necesario para viajar estaba solo en una promesa nada seguro en el momento, el día de solicitar la visa llego y temprano ese día emprendí viaje a Santiago en compañía de mi madre, quien era la persona que menos deseaba mi partida del país pero al mismo tiempo fue la que mas me ayudo en todo, " ironías de la vida", el amor de una madre no tiene límites, ponen su paz, su seguridad, su felicidad su integridad y todo su confort en juego contar que su hijo o hija consiga lo que necesita o desea, al menos así es mi madre, sin ella nada habría logrado. Bien vestido con una camisa azul claro y obligado por mi madre, me anude una corbata al cuello, un saco bien escobillado, pantalón bien planchado con una sola y recta línea en medio, pañuelo doblado y perfumado dentro del bolsillo derecho, calzoncillos súper limpios, calcetines negros sin hoyos, zapatos extra lustrados, afeitado a ras, peinado a perfección y con un poquito de jugo de limón para que el peinado se mantuviera con estilo, me duche en colonia para desechar cualquier olor sospechoso y acudí a la cita. llegue y me presente en la embajada con una actitud positiva y dueño de la situación, una hermosa mujer alta muy delgada de piernas muy bien torneadas de tez canela, se presentó como la secretaria del cónsul y minutos después entre preguntas y respuestas tengo en mis manos una visa que me permitía viajar al hermano país de Panamá, cuando salí de la embajada estaba incrédulo de lo fácil que fue conseguir la visa, el primer paso con buenos resultados ya estaba hecho, tomó alrededor de tres semanas más de preparación para cubrir los últimos detalles, conseguir el dinero prestado y comenzar la travesía de viajar a Panamá como primera escala para llegar a Estados Unidos. El día que tanto había esperado y planificado por años por fin llegó, parecía estar todo en orden y de hecho lo estaba tan solo por un pequeño pero preocupante detalle, en repetidas ocasiones mi madre había mencionado que si algo salía mal en Panamá, me devolviera de inmediato, supuestamente tenía tres meses para lograr salir de Panamá y viajar a

Bahamas, tres meses duraba la visa y si en ese tiempo me encontraba con la realidad de tener que regresar a Chile, mi madre me decía que lo hiciera sin pensarlo dos veces, ella me estaría esperando con los brazos abiertos y orgullosa de ver que por lo menos lo había intentado, entendiendo sus palabras y recomendaciones las cuales me calaron profundamente no podía dejar a un lado el detalle de tener en mi poder un pasaje solo de ida y no de vuelta, días atrás cuando visité la agencia de viajes para comprar el pasaje, las tarifas no estaban acorde con el presupuesto que yo tenía, el dinero era limitado, recuerdo estar en dicha agencia negociando con la vendedora por largo rato, ella sabía que no podía viajar tan solo con un pasaje de ida teniendo una visa de turista simplemente no estaba permitido, yo trataba de explicarle mis motivos para comprar el pasaje pero ella también hacía lo mismo para no vendérmelo, después de un buen rato de negociaciones y poniendo en una balanza la necesidad de ella en hacer una venta y la mía de obtener una, salí de la agencia mentalmente agotado, drenado, aturdido, pero finalmente llevando en mis manos un pasaje solamente de ida a Panamá, desde ese momento en adelante todo fue preocupación para mi, tan solo yo sabía el riesgo que estaba corriendo, solo yo entendía que todo el trabajo y esfuerzo de meses podía llegar a su final al momento de presentarse en el aeropuerto y abordar el avión, en ese instante me podían rechazar la salida por no tener un pasaje de vuelta, pero era un riesgo que siempre estuve dispuesto a tomar. Por años soñando con salir del país y en los últimos meses esto era lo más que había podido lograr, era lo más cercano que tenía para lograr mi salida y no estaba dispuesto a desperdiciar esa oportunidad por nada ni por nadie. Desde casa de mi madre a la capital Santiago había una distancia de dos horas y algo en vehículo aproximadamente, ese tiempo nos tomó llegar al aeropuerto aquel día en que por fin abordaría el avión que me sacaría de Chile con rumbo a un sueño, a un destino planificado pero incierto. La noche anterior me había despedido de mis hermanos sus esposas y sus hijos, siendo yo el menor de cuatro barones, mi hermano mayor Jorge, quien se hizo marino a muy temprana edad y nos ayudó a salir adelante, poniendo en sus hombros la responsabilidad de cumplir la tarea de un padre más que de un hermano mayor, desde que tuve la capacidad de entender lo que se necesita para ser miembro de las fuerzas armadas y lograr obtener una carrera exitosa dentro del plantel, el respeto y admiración por él llegaron al más alto nivel, Jorge siempre ha sido una persona reservada de poco decir u opinar, estricto y organizado, cuenta con un buen sentido del humor, es noble, leal, honesto, en esos años su presencia para mi significaba autoridad pero al paso de muchos años, hoy en día se ha convertido en mi amigo, dueño de mi plena confianza, una y otra vez me ha mostrado la calidad de buen ser humano que es al tomar su rol de padre, hijo, hermano o amigo. También me despedí de Patricio mi segundo hermano, quien también optó por una carrera en las fuerzas armadas, el es alegre y simpático, siempre oportuno con una broma o con un chiste, con un corazón inmenso especialmente cuando se trata de estar presente y aportar en la vida de nosotros sus hermanos y de mi madre, su personalidad inspira confianza y seguridad, su presencia dice que estando él a nuestro lado todo se mantendrá con bien, no es reservado, el expresa su estado de ánimo tal cual es y dice las cosas de frente sin tapujos ni filtro, intelectualmente muy inteligente, admiro su frialdad y serenidad para enfrentar situaciones difíciles, al igual que mi otro hermano, el también fue figura de autoridad para mi, hoy en día somos buenos amigos. Los buenos consejos y augurios de mis hermanos me daban fuerzas para continuar con mis planes, pero en mi mente siempre estaba presente el hecho de saber que tenia un pasaje de ida solamente y el riesgo que estaba tomando era bastante grande, tan solo yo sabía que en unas horas más podría estar de vuelta en casa fracasado y avergonzado por no lograr ni siquiera subirme al avión. Esa noche fue prácticamente imposible para mi conciliar el sueño, repasaba en mi mente una y otra vez lo que realmente tenía que hacer y lo que podría pasar si algo salía mal, pensaba en el siguiente paso a seguir si todo marchaba bien pero mas tiempo me tomaba pensar qué hacer si todo salía mal, me he dado cuenta con los años que esa manera obsesiva que poseo de analizar las cosas una y otra vez buscando siempre la manera de reaccionar o actuar ante diferentes escenarios, lo hago inconscientemente, me preocupa enfrentar cualquier situación sin primero tener un plan b, c y d.

Llego el amanecer, el reloj despertador cumplió con su trabajo y comenzó a sonar ensordecedoramente y no había aprovechado la noche para dormir, así que tenia sueño pero de igual manera me levanté de inmediato, me dirigí al baño y mire hacia la cocina, la cual estaba ubicada justo enfrente de mi cuarto y note que la tetera ya estaba sobre el fogón de la estufa, lo que significaba que mi madre ya estaba en pie y no saldríamos de casa sin primero probar desayuno, tomar té por las mañanas en la casa era religión, cuando salí del baño después de haberme bañado rápidamente, y el ambiente olía a pan tostado, tomar té al desayuno sin pan tostado con mantequilla era un pecado imperdonable, me puse los calzoncillos, unas pantuflas y me fui a la cocina para ayudar a mi madre con las tasas de té, nos sentamos a la mesa, ella prácticamente vestida y yo tan solo con chanclas y calzoncillo sin camiseta, cosa que molestaba muchísimo al esposo de mi madre y aunque nada estaba por escrito prácticamente ese seria el ultimo día que estaría en chile, y me quise dar el gusto de estar sentado en el comedor a la izquierda de mi padrastro sin camiseta ni pantalones y así ver como se reflejaba en su cara la molestia que sentía al verme comiendo con el torso desnudo y sentado a su lado solamente en calzoncillos, mi madre en su inmensa sabiduría se dio cuenta de mi actitud y del valor que tuve de hacer algo así, deliberadamente y sin importarme las consecuencias que tendría, pero lo que nunca supo mi madre y nadie a mi alrededor fue el motivo principal del porqué de mi viaje fuera de Chile. Yo estaba cansado de sufrir humillaciones de parte de su marido, la relación entre el y yo era falsamente buena pero realmente muy mala, él quería mucho a mi madre y yo también, por ese motivo y por no hacerle daño a ella, el y yo teníamos un común de acuerdo nunca hablado y era el de no perjudicar a mi madre como resultado de nuestras desavenencias, hipócritamente nos relacionábamos bien, pero yo siempre estuve consciente que mi presencia le molestaba, mas no porque me lo imaginaba más bien porque me lo dijo en reiteradas ocasiones, el no me quería en su casa compartiendo el amor de mi madre, sentimiento que él llevaba muy dentro de sí y que discutió conmigo varias veces dejándome saber claramente que no me quería viviendo en su casa, él me veía como su competencia, como a un rival, aquel jamás fue mi hogar, al menos nunca lo sentí como tal, yo tan solo vivía en su casa, me alimentaba de su comida me bañaba con su agua, las películas en las cuales aparecían aquellos hombres americanos trabajando en construcción y que yo tanto admiraba, las veía en su televisor, sentado en su sofá, esa fue la razón principal por la cual busque la salida del país, y por lo tanto ….. ¡porque no!, ¿Por qué no desayunar sin camiseta y en calzoncillos? Después de todo esa era en mi mente la última vez que lo haría y la verdad es que se sintió muy bien el poder hacerlo, al terminar de comer mi semidesnudo desayuno me retire de la mesa, me fui al cuarto y comencé a vestirme me puse un pantalón de jean color blanco una camisa celeste con estampados blancos para que combinara con los pantalones, unas botas de cuero café y una corbata azul que mi madre nuevamente insistió que usara porque según ella era lo más apropiado para un turista, yo no estaba de acuerdo con usar corbata pero…madre es madre y a ella se le obedece y para no complicar el proceso de preparación, decidí buscar en el bolsillo del pantalón que había vestido para ir al consulado Panameño, el pañuelo que todavía estaba dobladito y limpio yo estaba seguro que en cualquier momento mi madre me preguntaría si cargaba pañuelo limpio en el bolsillo, esta vez el jugo de limón para el pelo fue doble pues el viaje era largo y no podía correr riesgo de llegar despeinado a ninguna parte, pensé en quitarme la corbata y ponerla de vuelta cuando estuviéramos cerca del aeropuerto pero mi madre leyó telepáticamente mis pensamientos y la mirada laser que me dio borro al instante tal atrevido pensamiento, ya había triunfado en la mesa al tomar desayuno solo en calzoncillos ahora ya estaba quemando mi suerte y mirándome una vez más al espejo me auto convencí que me miraba bien con la corbata después de todo. Tan solo una maleta bastó para empacar mis cosas y no estaba totalmente llena, nos montamos al auto del marido de mi madre y nos dirigimos camino a Santiago, el viaje fue callado se sentía una leve tensión en el aire después de todo esos eran los últimos momentos que compartiríamos con mi madre yo tenía un millar de sueños por cumplir, cientos de kilómetros por recorrer, sitios y lugares por conocer, tanto por aprender muchas cosas por experimentar y las ansias por comenzar me tenían inquieto, pero al mismo tiempo sentía que, dejar a mi madre quien era mi puntal, mi seguridad, mi consejera, mi amiga y mi autoridad, me destrozaba por dentro. Por muchos años tan sólo fuimos ella y yo, mis hermanos mayores formaron sus hogares a temprana edad, tenían esposa e hijos de quien preocuparse y trabajos que demandaban mucho de ellos, siendo ambos miembros de las fuerzas armadas, mi madre y yo pasamos mucho tiempo juntos y por lo mismo yo tenia dos pensamientos que me partían el alma, uno era el dejarla con ese inmenso dolor que cargaba a cuestas por el fallecimiento de mi otro hermano, su tercer hijo quien un par de años atrás había perdido la vida en un accidente de trabajo cuando se encontraba viviendo en la ciudad de New York, y a pesar de contar con sólo veintitrés años, dejó esposa e hijo, ese fue un suceso que marcó la vida de todos nosotros por siempre especialmente a mi madre, quien después de casi treinta y siete años de su partida aún lo llora y lo visita constantemente en el lugar donde descansan sus restos, me dolía dejarla con ese sufrimiento tan palpable, al irme ya no tendría a ningún hijo viviendo con ella, y por otra parte me sentía cobarde por dejarla viviendo con un alcohólico, aunque nunca vi que su esposo la maltratase o la insultara, si sabía que cuando estaba borracho era una persona insoportable y aborrecible, todo eso me comía por dentro pero la decisión de irme ya estaba tomada y en marcha. Mi madre quien durante el viaje iba sentada enfrente, al costado de su esposo, se volteó, me miró fijamente y me dijo ...... ¿llevas pañuelo limpio?.

Una vez en el aeropuerto y después de dos horas de estar esperando llegó el momento de registrar maletas, presentar pasaporte y mostrar el pasaje, lentamente me fui acomodando en la línea que estaba formada para efectuar el chequeo, la angustia y la preocupación que sentía de ser rechazado me estaba absorbiendo por dentro, la línea avanzaba más rápido de lo que yo esperaba, por un lado yo deseaba que todo fuera más lento no quería mostrar mi pasaje, pero al mismo tiempo deseaba que todo fuera rapidísimo y terminar con esa intriga de una vez y por todas, veinte minutos y un pasajero, diez minutos otro pasajero, cinco minutos el siguiente pasajero, y llegó mi turno, con maleta en mano exteriormente calmado, dueño de la situación y bien encorbatado me pongo en frente de un tipo mal encarado, alto, de lentes y bigote, vestía de uniforme con pantalones de tela color gris oscuro, camisa blanca, un suéter azul sin mangas, zapatos negros y al igual que yo también tenía puesta su corbata, me pidió el pasaporte y el pasaje los puse en su mano y acto seguido se los entregó a una señora que estaba detrás de un mostrador, y en lo que el tipo se hacía cargo de mi maleta la señora revisaba mis documentos con una rapidez y efectividad digna de admirar, la maleta desapareció de mi vista, la señora sin mostrar ninguna señal de simpatía me miró, me entregó mi pasaporte unos papeles que eran para mostrar al momento de abordar el avión, me deseó buen viaje, y eso fue todo. Yo estaba sin palabras, perplejo y asombrado de lo fácil que había resultado mi chequeo, sentí un gran alivio al liberarme de esa tremenda carga que llevaba a cuestas por tantos días, nadie supo que tenía un pasaje tan solo de ida, hasta varios años después fue que compartí tal secreto, empezamos a caminar hacia la puerta de abordaje y me despedí de mi madre, durante mucho tiempo estuve planificando este viaje mis pensamientos y mis ideas siempre estaban enlazadas con una nueva vida en los Estados Unidos, soñaba despierto con trabajar fuertemente y lograr ser una persona independiente, me mantuve ocupado en buscar el modo, la manera, la estrategia de salir del país y nunca pensé a fondo en la separación que tendríamos mi madre y yo, pero ella por lo contrario era en lo único que pensaba, mi madre a sido toda su vida una guerrera de élite, incansable, determinada, perseverante, protectora, tierna y delicada como un ángel al darnos amor y cariño, como leona rugiente, fuerte y feroz a la hora de defendernos, quien me dio su apoyo incondicional en todo momento siempre buscando soluciones, opciones y maneras para ayudarme a conseguir mis objetivos, camino a mi lado en cada paso que di para lograr mi salida el país, aunque por dentro nunca quiso que me separarse de ella, mi madre en la actualidad tiene 87 años y sigue imponiendo su carácter. Su temple de mujer alta, delgada, de tez blanca, rubia, de grandes ojos color café claro, labios delgados, siempre erguida al caminar, con paso firme y voz autoritaria, son tan solo un hermoso recuerdo, hoy en día la veo distinta, ya no es muy alta su cuerpo se ha encogido, su rostro tiene marcas y cicatrices que delatan duras batallas, se pueden ver las huellas que han dejado en el rostro sus lágrimas derramadas, ya no alza su voz ni tampoco rige su pecho para imponer su autoridad, su presencia es más que suficiente, su capacidad de comprensión a llegado a un nivel inmensurable, ella está cansada, los años, el tiempo, los inviernos y los otoños están cobrando con intereses el derecho de seguir viéndolos, sigue aferrada a la vida, continúa planificando un mañana mejor, yo creo que el desgaste físico siempre será compensado con la fortaleza mental. (gracias madre por vivir para nosotros sus hijos, la amamos). El último abrazo el último beso la última lágrima y camine hacia la entrada del avión, busque el asiento que me asignaron me acomode y empezó mi aventura. Una y mil cosas cruzaban por mi mente, me imaginé viviendo todos los escenarios posibles me ubique en todas las situaciones adversas que podría encontrar en mi futuro cercano, pero jamás pensé que seis meses después estaría sobreviviendo a un fenómeno climatológico, que se da en el océano atlántico una vez cada cierta cantidad de años, el capitán, el ayudante, la pequeña lancha, los once Iraquíes, la lluvia, el temporal, los rayos los truenos el imparable oleaje, el ruido chillón de una hélice en el vacío, los vómitos y el balde amarillo desteñido, definitivamente no estaban en mis planes. Nunca antes había viajado en avión y lo más alto que había estado era en el apartamento que vivía con mi madre, ubicado en un segundo piso, me dieron el asiento de la ventana y pude disfrutar el despegue y del panorama, todo nuevo para mi, el paisaje era espectacular me sentía sumamente relajado, tranquilo y orgulloso de estar empezando el viaje que había esperado por tanto tiempo, después de casi siete horas de viaje llegamos a destino, el aterrizaje fue más intenso y un poco más brusco que el despegue, pero al estar en tierra todos los pasajeros comenzaron aplaudir y me uní a ellos sin saber porqué lo hacían pero no dejo de llamarme la atención, pensé que aterrizar no era tan fácil y aplaudir era un desahogo a la desconfianza y al no saber si el piloto lograría poner en tierra semejante pedazo de avión. Los trámites de aeropuerto son aburridos, tediosos y toman tiempo pero al fin estaba en Panamá, siguiente paso, buscar un taxi que me llevara a la dirección que tenía anotada en un papelito bien guardado dentro de una biblia. al momento de salir de ahí dentro del aeropuerto hacia la calle, me encontré con un calor infernal, mire a mi alrededor y todos actuaban, caminaban y se movilizaban normalmente, en cambio a mi me costaba incluso respirar, sentía que el aire que inhalaba me quemaba la garganta y las fosas nasales, di la media vuelta y entre nuevamente para analizar qué estaba pasando, ahí dentro no estaba frío pero sí un poco mas fresco, me quede al frente de una enorme ventana observando a la gente que caminaba en todas direcciones, llegaban vehículos particulares a recoger gente así como taxis y hasta un pequeño bus llegó, se estaciono y un grupo de personas empezó a montarse en él, todo parecía tan ajetreado pero normal al mismo tiempo, lo curioso de todo era que no miraba a nadie afectado o quejándose del calor, nadie hacía un gesto de incomodidad nadie se echaba aire en la cara con sus manos o con un abanico improvisado, estuve mirando por un buen rato el movimiento de todo y de todos, hasta que nuevamente me atreví a salir, pero la sensación fue la misma, ese calor seco era algo totalmente nuevo para mi y me di cuenta que la información que te tenía sobre el clima de Panamá si era correcta, pero leer acerca de las altas temperaturas y del clima Panameño, no es lo mismos que estar sintiéndolo en vivo y en directo, me quite el saco que traía puesto para sentir un poco de alivio y la corbata que me estaba sofocando, la arranqué de mi cuello desarmando el nudo con la promesa que jamás me la pondría nuevamente. Con el papelito de la dirección en mi mano proseguí a llamar un taxi, al primero que se cruzó le hice la cena mundialmente conocida levantando el brazo con el dedo índice recto y el correspondiente grito ¡Taxi!. El chofer muy amable tomó mi equipaje lo puso en el maletero y emprendió camino a la dirección que le había entregado, me acomodé lo más rápido posible y así poder observar las calles, las casas, los edificios y todo lo que la ciudad tenía para mostrarme. Mientras apreciaba el paisaje y sus habitantes, mi mente estaba con aquellos que había dejado atrás, muy profundamente sabía que pasaría mucho tiempo antes de volverlos a ver, anteriormente el taxista me había dicho que la carrera demoraría cuarenta y cinco minutos aproximadamente, tiempo que el conductor aprovechó al máximo para hacerme todo tipo de preguntas y averiguar el porque yo estaba en su país, a quien venía a visitar, cuánto tiempo me quedaría paseando, a donde iría, qué lugares me gustaría conocer, por un momento pensé que su vocación verdadera era de cura y su vehículo un confesionario, el trabajo de taxista era tan solo una estrategia para conseguir almas arrepentidas, por mi parte ocupe los mismos cuarenta y cinco minutos para eludir, tergiversar, y mal contestar todas sus interrogantes, fueron cuarenta y cinco minutos de constantes preguntas y elusivas respuestas, hasta que por fin encontró la dirección, llegamos a un barrio que se veía un poco descuidado, las casas se miraban viejas, antiguas, con grandes ventanales, faltas de pintura y mantenimiento, las soleras eran angostas al igual que la calle, un contraste notorio comparado con lo que había visto en el trayecto mientras me confesaba el padre taxista, observe una ciudad grande, colorida, movilizada con mucho tráfico, bastantes buces, pasamos por un área de comercio con muchísima gente y grandes tiendas, la ciudad en sí me pareció muy bonita. Al llegar se estaciono, se bajó, abrió el maletero sacó mi equipaje, me señaló cuál era la casa que indicaba la dirección del papelito, le pague, se fue, y ahí quede, listo para golpear la puerta y ver con quién me encontraría, pero no sin antes mirar a mi alrededor y tratar de memorizar la calle, chequeé dos o tres casas a la izquierda y otras a la derecha, me percate de la tienda que estaba casi al final de la cuadra con sus anuncios en la pared y con gente entrando y saliendo, típica tiendita de barrio en donde venden de todo, me di cuenta que transitaba mucha gente morena, cosa que captó mi atención debido a que nunca antes había tenido contacto directo con personas de color, varias de ellas me saludaron amablemente al pasar por mi lado, mientras yo seguía parado frente a la casa en donde supuestamente me estarían esperando. Para mi era curioso, solo había visto personas de color en películas y programas de televisión y el hecho de verlas tan cerca e intercambiar un saludo, era inusual y novedoso al mismo tiempo. El calor empezó a hostigar y decidí tocar la puerta, abrió una mujer morena de unos cuarenta años, de mediana estatura, pelo rizado, labios anchos y con unos enormes aretes de argolla en cada oreja, un vestido de cuadrillé pequeño color blanco y rojo que se sujetaba con dos tiritas en los hombros, me miró de pies a cabeza, vio la maleta que estaba a mi lado como si fuera mi perro fiel, me volvió a mirar de pies a cabeza, y muy amablemente me dijo … ¿qué se le ofrece? ; no se porque pensé que me estarían esperando o que me dirían pase adelante bienvenido o algo así, peque de inocente y de novato al mismo tiempo, le explique el porqué había llegado a su casa, yo pensaba que todo estaba supuesta y previamente arreglado para mi llegada, la misma que sería solo de paso y por muy poco tiempo, el asombro de la mujer era obvio, los ojos se le abrían cada vez más a medida que yo le explicaba el porqué de mi llegada, la señora tan solo cerró los ojos, se pasó la mano por la cara también por la cabeza, me miró por tercera vez de arriba hacia abajo y sin decir nada, me dio a entender que no tenía idea quién era yo, ni que estaba haciendo en su casa. Muy amablemente me invitó a pasar y me ofreció asiento en un sofá que estaba a unos pasos de la puerta de entrada, la casa por dentro tenía un aspecto antiguo con paredes sin pintar pero limpias y una lámpara enorme que colgaba en medio de la sala justo arriba de una mesa de madera que no tenía ningún adorno encima, la lámpara tenía varias pantallas de vidrio y las luces eran en forma de velas y los bombillos hacían la ilusión de una llama, el piso era de madera y estaba sumamente brilloso, de repente llegaron dos muchachas jóvenes, ambas se quedaron viéndome con incertidumbre y curiosidad, mientras la señora del vestido a cuadros las miraba y les preguntaba si me conocían, si sabían algo de mi, o de mi llegada, las muchachas contestaron que no me conocían y que no sabían quién era yo, en plena explicación estaban las jóvenes, cuando una tercera muchacha entró a la sala, muy jovial y despreocupada, saludo a las que eran sus dos hermanas y a su madre quien vestía de cuadriculado, me saludó y dijo….¿y tu quien eres?, la señora quien era la madre de las tres, les explico en tiempo record lo que estaba pasando, mientras yo seguía sentado en el sofá pidiendo en silencio, por favor trágame tierra. Todo el acuerdo o negociación correspondiente para que yo llegara a esa casa, por unos pocos días, se había hecho por medio de terceras personas, a mi tan solo me habían informado que todo estaba confirmado y en buenos términos, la señora quien lucía desconcertada pero en ningún momento enojada, tomó asiento en el sofá frente al que yo estaba sentado, mientras las jovencitas seguían en pie, me miró y me pregunto nuevamente cómo me llamaba a pesar que yo se lo había dicho anteriormente cuando atendió la puerta, Mauricio le conteste, yo me llamo Marta me dijo …Ellas son mis hijas Marta, Mirella y Lucía. luego me preguntó...¿con quién hablo usted para llegar aquí a mi casa?........, yo no hable con nadie ……. ¿y entonces cómo supo usted de nosotras? ………, yo no se nada de ustedes.... ¿y cómo supo usted llegar a esta casa?, me dieron su dirección por medio de unos contactos allá en chile, mas yo no sabia quien vivía aquí tan solo llegue a Panamá con su dirección y con la confirmación que todo estaba listo y arreglado para mi llegada, ¿pero con quien arregló todo esto?,...... Señora, la verdad es que yo no lo hice, otras personas lo hicieron,..........¡Mami!, dijo la más joven de las muchachas quien se llamaba Mirella, ¿porque no le preguntas al abuelo?, él está arriba en su cuarto, la señora Marta mando a la misma que sugirió la idea al segundo piso a preguntarle al abuelo si tenía conocimiento de todo ese enrredo, mientras Mirella fue al segundo piso, las otras dos jóvenes y la señora Marta me preguntaron qué edad tenía, porque había viajado a Panamá sin conocer a nadie, también preguntaron que si yo estaba de paso, entonces a donde realmente me dirigida, a donde quería llegar, me hicieron más preguntas que el padre taxista. El abuelo de las muchachas llegó a la sala junto a Mirella la cual traía una leve sonrisa dibujada en la cara, el viejito quien se acercó a mí con cara de despistado pero con una tremenda amabilidad, estiró su mano y me saludo, me puse de pie y le correspondí el saludo, y él con mucha calma y con esa tranquilidad que muestran las personas que han tenido la oportunidad y bendición de vivir por muchos años, se acomodo en el mismo sofá en que estaba sentada la señora Marta y después de suspirar y mover la cabeza en señal de resignación, puso la mano sobre la pierna de la señora Marta, quien era su hija y le dijo que efectivamente el sabia de mi llegada, pero nadie lo había puesto en sobre aviso con respecto al día u hora en que yo llegaría a Panamá, que mas bien, ni siquiera se acordaba del compromiso que tenía de recibirme en su casa, preguntas iban y respuestas venían, de un lado y de otro, más no de mi parte, yo tan solo me quede quieto y callado observando y escuchando todo el diálogo, sentadito en papel de víctima con cara de yo no fui, y es más, hasta un poco ofendido para ver si eso me podía ayudar en algo. La incomodidad de enfrentar aquella situación y más el calor que era sumamente agobiante me tenían mojado en sudor, miraba a mi alrededor y las cuatro mujeres en la sala estaban muy cómodas y livianamente vestidas dos de ellas con pantalones cortos, unas blusas de material delgado, en chanclas y con sus cabellos amarrados, la menor al igual que su madre tenía puesto un vestido del mismo estilo, Don Bernardo el abuelo, tenía una camisa guayabera color celeste claro, pero por lo desteñida que estaba, me imagino que en su tiempo dicha camisa mostró un colorcito azul más fuerte, pantalones de género que se notaba eran de tela bien delgada y frescos, sandalias de correa cruzada y un reloj con correa de cuero que usaba más arriba de la muñeca. En cambio yo tenía puestos los jeans blancos, una camisa nada de fresca y botas, estaba sudando la gota gorda, la camisa estaba pegada en mi cuerpo, menos mal que ya me había sacado el saco y la corbata en el aeropuerto, ambas piezas de vestir que jamás volví a usar. Dentro de mí no quería saber en realidad cuál fue el mal entendido ni como se había hecho todo el arreglo, tan solo quería ver resultados, si efectivamente me quedaría en esa casa o si me tocaría buscar otra alternativa ; Al ver hacia atrás en el tiempo, me doy cuenta lo mucho que me ayudó esa forma de ver las cosas, no miraba problemas veía situaciones y soluciones, no me estancaba en obstáculos buscaba como rebasarlos, siempre estudiando y analizando las opciones a mi alrededor, constantemente alerta y entrelazando un plan b, c y d. Hubo un momento en que todas hablaban al mismo tiempo incluyendo al abuelo, aunque no discutiendo pero sí en voz alta, pues todas se querían hacer escuchar hasta que una de ellas la mayor Marta, se sentó a mi lado en el brazo del sofá, y con un gesto muy amable me dijo que no habría problema en que me quedara con la familia en casa, fue un gran alivio para mi escuchar esas palabras, desde ese día en adelante y por dos meses y medio fui parte de ellos, aprendí a comer plátano frito patacones, tostones, yuca frita, arroz con frijoles negros, la famosa y deliciosa ropa vieja, platillos que nunca había probado antes, aprendí a conocer a cada uno de ellos, supe que la señora Marta era viuda y que no era cuarentona como aparentaba mas bien estaba despidiendo los cincuenta y preparándose para los sesenta, algo que si ella misma no confiesa nadie podría creerlo, era tan activa y jovial como sus tres hijas, de las cuales dos trabajan y la menor estudiaba, el abuelo quien era viudo por muchos años ya no trabajaba pero siempre tenía cosas que hacer fuera de la casa, la misma rutina tenía la señora Marta. Ya con dos días en panamá y sin problemas de hospedaje, le pedí el favor a doña Marta que me llevara a una agencia de viajes para averiguar cuánto costaba un pasaje a la Isla de Bahamas, ese mismo día en la tarde nos fuimos en bus al centro de Panamá a visitar una agencia que ella conocía, el trayecto en bus fue una experiencia única, en mi país y en esos años el transporte colectivo de microbuses tenían una apariencia conservadora y a pesar que el color de los buses varía según el recorrido y compañía, no es algo extravagante, en Panamá el colorido y los diseños de cada bus es algo extraordinario y único, el decorado de luces es exageradamente vistoso, toda la carrocería está iluminada de colores, cuando llega la noche, esos buses parecieran estar en un carnaval, cada bus es una historia hecha arte, cada dueño de bus deja estampado en sus máquinas un sentimiento, una particular característica hecha mensaje, observe buses con murales dedicados a sus familias, vi otros con homenajes a deportistas o cantantes famosos, mire algunos con mensajes religiosos, vi muchos con personajes históricos y también con héroes tales como Superman, Batman, el hombre increíble y otros mas, cuando me subí por primera vez me dio la impresión de estar en una discoteca, cada bus tiene instalado un equipo musical con un sonido estéreo extraordinario y nítido, con un ritmo de salsa a todo volumen, siendo eso lo más normal para todos, salir en bus en la ciudad de Panamá es una experiencia inolvidable, así como lo es su clima, el calor seco y sofocante me anduvo trayendo de mal en peor, haciendo mi estadía mas difícil de lo esperado, yo nací en la ciudad más austral de mi país llamada Punta Arenas, en donde hay nieve viento lluvia y mucho frío, también viví en una isla aún más austral, llamada puerto Williams, nunca he podido acostumbrarme al clima caluroso, hasta el día de hoy los veranos son mi talón de Aquiles, en mis genes hay cubos de hielo y no se derriten con nada, el invierno es mi hábitat natural. Después de viajar en el colorido y ensordecedor bus, llegamos a una agencia de viajes en donde me dieron el precio de un boleto a la isla de Bahamas, el cual requería de mucho más dinero del que yo tenía en el bolsillo, las cosas ya se estaban complicando y mi mente empezó nuevamente a funcionar a las millas. ya de vuelta en casa de Doña Marta y en horas de la noche después de cenar, estaban todos ellos alrededor de la mesa y salió el tema en cuestión de cómo podía hacer yo para juntar el dinero que me faltaba, el abuelo quien poco hablaba pero que mucho escuchaba, propuso ponerse en contacto con un tal Antonio, dueño de un taller de tapicería el cual siempre ocupaba gente para trabajar, todos estuvieron de acuerdo y mostraron su aprobación, los planes se hicieron de inmediato para que al día siguiente Doña Marta me llevara a dicho lugar, yo dormía en la parte alta de la casa en donde estaba el cuarto del abuelo, el de Doña Marta, y de la otra Marta, abajo dormían las otras dos muchachas, yo tenía un cuarto bien chiquito en donde apenas cabía el colchón mismo que estaba montado arriba de un armado de madera, en un rinconcito tenía mi maleta la cual me servía de clóset ya que no tenía ninguno, mas bien eso fue algo improvisado que hicieron para que yo me quedara, de lo cual yo estaba muy agradecido..... incómodo.... pero muy agradecido, las noches fueron un martirio, el calor no me dejaba dormir y hacía estragos conmigo, en el primer piso había un baño formal con todo lo necesario, pero arriba la situación era diferente el baño contaba con un gabinete y una ducha improvisadamente útil, la cual use muchas veces durante la noche para refrescarme y dormir mientras duraba el efecto de la ducha fría, cada vez que iba a mojarme en la ducha trataba de hacerlo lo más silencioso posible para no despertar ni molestar a nadie, pero de todos modos se daban cuenta y aunque ninguna de las mujeres ni el abuelo mencionaba nada, sabían que el calor me perjudicaba y no me dejaba dormir. al día siguiente nos fuimos al taller de Don Antonio el cual quedaba a unos veinte minutos en bus, Doña Marta siempre usaba vestido de un solo corte, osea que todos eran iguales de unas sola pieza y con dos tirantes que lo sujetaban de los hombros, lo único que cambiaba era el color y el estampado aunque predominaba el de cuadrille y los aretes, que si no eran de argolla gigante eran colgantes que le llegaban hasta el hombro, siempre cargaba un pañuelo o una toalla chiquita con la cual se secaba el sudor de la frente, Doña Marta era todo un personaje ; caminaba de una manera acelerada y con paso firme, adelantándose y pasando por delante a cualquiera que estuviese en su camino, daba la impresión que siempre andaba atrasada o tarde, el trato con sus hijas era algo peculiar, cuando estaban reunidas todas hablaban al mismo tiempo y movían las manos de un lado a otro, cuando platicaban eran bulliciosas y escandalosas, de risas fuertes y con ademanes exagerados para dar cualquier tipo de explicación, el acento Panameño le daba un peculiar matiz a cada conversación, especialmente para mi, quien no estaba acostumbrado a escuchar otro tipo de acentos ni jergas, el abuelo sabiamente se alejaba cada vez que se juntaban las cuatro mujeres a platicar, y aplicaba el viejo dicho que dice, mas sabe el diablo por viejo que por diablo.

Llegamos al taller y Don Antonio, quien vestía un delantal de lona color beige, sucio y manchado, nos divisó desde adentro del taller y se acercó a nosotros lentamente y con una leve sonrisa, saludo a la Doñita con un apretón de manos, un abrazo y su correspondiente beso, por lo que vi se conocían bien, pero hace mucho tiempo que no se veían, la plática aportó para que se pusieran al día con sus rutinas y quehaceres y para que Doña Marta le explicara mi situación, ella le dijo .... el muchacho estará aquí lo suficiente como para juntar dinero y viajar, nada a largo plazo, nada de promesas ni compromisos con nadie.... ¿qué me dice?; Don Antonio un tipo de tamaño respetable, corpulento de pelo rizado y canoso, de tez morena, saque por conclusión que era de buen comer, pues su barriga lo delataba, de bigote ancho y también canoso, hizo unos gestos de aprobación y lo confirmó diciendo que me daría trabajo aunque con un salario mínimo, tan solo por ayudarme a juntar mi dinero. Al día siguiente y aplicando cada una de las instrucciones que todos en casa me habían dado, tome el bus y llegué al taller, el horario de trabajo era de nueve de la mañana a cinco de la tarde y consistía en tapizar todo tipo de asientos, de buses, autos, sillas de casa, butacas y otras cosas que nunca supe para qué se ocupaban, el trabajo en sí era muy detallado, interesante y meticuloso, habían grandes mesones de trabajo y nueve personas laborando, todas con una gran habilidad para desempeñar el oficio, el ambiente aunque sumamente caluroso, era agradable. Durante dos meses y días estuve haciendo de todo un poco, mi labor era el estar presto a dar ayuda a cualquiera de los nueve tapiceros que me necesitara, nunca me dejaron tapizar solo, tan solo ayudaba a los demás, limpiaba constantemente el taller, recogía las sobras de material y los ponía en diferentes *containers*, varias veces me mandaban a la tienda a comprar diversas cosas, yo hacía de todo y para todos, lo cual me ayudó a conseguir el afecto de cada uno de ellos, la cultura del Panameño es jovial y alegre de todos aprendí algo.

Mi tiempo en Panamá estaba siendo provechoso y poco a poco iba logrando reunir el dinero suficiente para el pasaje a Bahamas, no todo fue trabajo conocí un poco de la ciudad, las muchachas me llevaron a lugares turísticos y a otros no tanto, pero de igual belleza, hubo reuniones y festejos con amistades y con familia de Doña Marta, quien nunca me dejaba rezagado y me incluía para todo. Los días pasaban y el trabajo en el taller era continuo, me mantenía ocupado enfocado en mis planes y anhelos pero a pesar de todo, a menudo pensaba en mi familia, especialmente en mi madre, en mis amigos, en aquellos muchachos compañeros de escuela que también fueron parte importante de mi vida quizás sin ellos darse cuenta que para mí fue crucial el tenerlos a mi lado durante esos cuatro años de educación media, fuimos inseparables en todas nuestras actividades especialmente cuando se trataba de no ir a clases y organizar un día en la playa, el pasarlo bien en todo momento era prácticamente ley, buenos muchachos excelentes amigos, el jugar al football, ir a fiestas, de paseo, conquistar muchachas, siempre fue primordial e inclusive en más de una ocasión realmente estudiamos., éramos tan felices cuando estábamos juntos que no prestamos atención cuando llegó la hora de pensar en el futuro y sin darnos cuenta nos separamos porque la responsabilidad de la vida se nos puso en frente y reclamo sus derechos, yo me encontraba en Panamá en busca de conseguir un sueño anhelado por largo tiempo y me preguntaba que seria de cada uno de ellos y me daba un poco de nostalgia pero al mismo tiempo me daba fuerzas para seguir mi viaje con destino norteamericano, tan solo fueron dos meses y medio los que estuve en Panamá pero los sentí como un año, el clima caluroso definitivamente me dio una batalla diaria, el trabajo en la tapicería rindió sus frutos y con el dinero ganado logre comprar un pasaje con destino a la isla de Bahamas. Mi paso por Panamá llegó a su fin, me iba lleno de agradecimiento con esa familia que me acogió y me dio una mano en todo lo que pudieron, crecí en experiencia, aprendí que el trabajo honra y gratifica, aprendí que el color de la piel no destiñe el color de la sangre, aprendí que varias paredes un techo una puerta color café, un sofá, un baño improvisado y una lámpara se pueden establecer como una casa, pero la buena voluntad, el amor desinteresado, la experiencia de un abuelo y el amor de una madre la convierten en un hogar. Doña Marta y su hija Mirella me llevaron al aeropuerto, mas que todo para mostrar el cariño que me habían tomado y dejar en evidencia el inmenso corazón que cada una de ellas poseía, agradecido por todo y con todos me monte en el avión con destino a la Isla de Bahamas con la esperanza de estar en tres horas aterrizando y enfrentando el siguiente reto, el cual estaba mucho más complicado que la llegada a Panamá.

Tenía en mis manos una dirección y el nombre de una persona que ya había hecho el mismo viaje anteriormente, tan solo con esa información tenía que empezar el proceso de llegar a Bahamas y luego planificar el último trazo del viaje a Estados Unidos, cuándo y cómo se llevaría a cabo tal plan, era una incógnita en ese momento. La llegada al aeropuerto de Bahamas fue algo de rutina, pasar por ciertas áreas de revisión de equipaje así como de pasaporte, no me preguntaron prácticamente nada y lo poco que me dijeron lo adivine porque todo era en Inglés, entre señas, ademanes y sonrisas forzadas logre salir del aeropuerto y conseguir un taxi, no recuerdo con exactitud la hora de llegada pero el sol ya se había escondido y la noche estaba apareciendo, al caminar hacia las afueras del aeropuerto de inmediato llegaron como cuatro taxistas a ofrecerme sus servicios, me hablaban sin yo saber que decían, apunte a uno de ellos el cual tomó mi equipaje y lo puso en el maletero, mientras yo me subía y buscaba el papelito con la dirección, una vez los dos sentados y acomodados, el taxista volteo la cabeza y me habló, era lógico que me pregunto hacia dónde me dirigía le entregue el papel e hizo un comentario pero no entendí nada, empezó a manejar y me quedé quieto mirando el paisaje que me brindaba la hermosa Isla de Bahamas, el trayecto se realizó en silencio lo cual me dio la oportunidad de disfrutar tranquilamente todo lo que observaba, llegamos a la dirección y me sorprendió ver que estábamos en frente de una marina. Noche, estrellas, mar, luna, yates por todas partes, mi maleta y yo. Comencé a caminar por el área y me di cuenta que para entrar a la marina había que traspasar un cerco de hierro, de unos siete pies de altura, me quedé sentado por un buen rato en una banqueta que estaba ubicada en un área verde justo en frente de la marina y de la puerta que daba acceso a la misma, el lugar se miraba limpio, organizado y bastante transitado, cada vez que alguien entraba a la marina tenía que usar llave para deslaquear la puerta de entrada, la cual también era con barrotes de hierro, todo el cercado estaba pintado de color verde claro, alcanzaba a escuchar algo de ruido a lo lejos, personas conversando y riendo como también algo de música, todo proveniente de un restaurante ubicado dentro de la marina ; mire mi reloj y eran las diez de la noche, llevaba más de una hora sentado en la banqueta mirando pasar a la gente que salía y entraba tanto de la marina en sí, como del restaurante que tenía mesas y sillas ubicadas al aire libre con clientes bebiendo, comiendo y pasando un buen rato, observe a personas caminado con sus perros y a otras personas que tan solo caminaban alrededor platicando con alguien. Desde donde yo estaba ubicado se veían con claridad los yates y lanchas que estaban atracadas en sus designados muelles, habían de todos tamaños y estilos, en algunos yates se veían personas sentadas en cubierta conversando y riendo, tal y como estaban los clientes del restaurante pasando un buen rato, disfrutando de la noche y del buen clima. hubo más de uno que pasó cerca mío y me observó con una mirada sospechosa, se preguntarían qué hacía un muchacho sentado en un banquillo mirando todo a su alrededor y con una maleta al costado, la verdad era, que la maleta me delataba. Poco a poco el caminar de la gente empezó a mermar y las personas que disfrutaban de la noche a bordo de sus yates fueron desapareciendo, el restaurante seguía abierto pero casi sin clientes, en las mesas de afuera solo quedaban dos parejas, las cuales no tardaron en irse. Nuevamente observe mi reloj y eran las once y media de la noche y no tenía nada resuelto, pensé en buscar un hotel pero el dinero que tenía no era mucho y no tenía la menor idea que tendría que hacer para viajar a Estados Unidos, ni cuánto tiempo tomaría hasta que pudiera organizar dicho viaje, no podía darme el lujo de gastar dinero de buenas a primeras, permanecía sentado con mis pensamientos y tratando de buscar solución a mi dilema cuando de la marina salieron cinco tipos morenos en plena platica, pasaron en frente mío y uno de ellos me dirigió la palabra, lo miré, le sonreí y lo saludé solamente con una seña, nada de palabras, el hombre me preguntaba algo que no lograba entender me estaba hablando en Inglés, idioma que no conocía, yo trataba de explicarle con señas que no entendía nada y también le hablaba en español, después de un par de ademanes más y sin conseguir nada a mi favor ellos continuaron su camino despidiéndose muy amablemente, mi Inglés se limitaba a un par de palabras sueltas sin mayor importancia nada que me pudiera servir como para armar una frase o hacer alguna pregunta. Durante cuatro años recibí clases de inglés en el colegio, pero yo me dedique tan solo a jugar con los amigos y a no poner atención, table, pencil, door y window, no eran exactamente palabras que me sirvieran como para sacarme de algún apuro en ese momento, seriamente y con vergüenza, me acordaba de la profesora de Inglés, que con tanto esfuerzo trataba de enseñarte y explicarte lo importante que era el aprender otro idioma, pero la inmadurez de esos años no me permitió asimilar la enseñanza que estaba recibiendo, en clases pasaba horas enteras imaginando cómo haría para llegar a los Estados Unidos y como seria mi vida una vez que estuviera trabajando y ganando dinero, pero nunca se me ocurrió aprender el idioma inglés, error de novato que ya me estaba pasando factura. Pensé seriamente en pasar la noche caminando alrededor del área y no quedarme en un solo lugar para no levantar sospechas, pero la maleta me estaba siendo estorbo, pasaron tan solo unos minutos y el tipo que me había saludado anteriormente regreso solo y otra vez me dirigió la palabra, y entonces entendí que se llamaba Tom, por lo cual yo también le di mi nombre, me seguía hablando y entre su inglés y mi español, más las señas universales que se utilizan en estos casos, entendí que lo acompañara y señalaba hacia el restaurante, de inmediato vi la posibilidad de estar dentro de la marina y no afuera de ella, pensé en comer algo y usar el baño ambas opciones eran ganancia para mi, el tipo quien ya tenía de nombre Tom empezó a caminar con dirección a la puerta de hierro verde claro, sacó de su bolsillo un par de llaves selecciono una de ellas y abrió la puerta, la cual sostuvo abierta para que yo entrara y nos dirigimos camino al restaurante, pero me detuvo y dijo ......¡no!, nuevamente apuntó con su dedo, pero esta vez lo hizo con dirección a un muelle, el empezó a caminar y lo seguí, pasamos por frente de varios yates unos más grandes que otros pero todos hermosos, y eso que estaba de noche aunque todo muy bien iluminado, tiempo después me enteré que esa era una de las marinas más prestigiosas de la isla, subimos a un yate grandísimo que estaba atracado en lo último del muelle, Tom me pidió la maleta y la puso dentro de una cabina, tiempo seguido me señaló que nos bajáramos del yate y caminamos hacia el restaurante, Tom era un tipo delgado y alto, moreno, de pelo negro rizado y vestía con una camiseta blanca, pantalones cortos de bolsillos al costado y de sandalias, no usaba reloj tampoco cadenas ni pulseras, un tipo sumamente sencillo que no dejaba de hablarme y de hacer ademanes, llegamos al restaurante, entramos y aún habían bastantes clientes, varias mesas ocupadas y mucha gente en la barra, no se porque pensé que al no haber clientes en las mesas de afuera, el restaurante estaba vacío por dentro, la música se escuchaba fuerte y todos gritaban para poder comunicarse, desde afuera parecía todo tan callado pero adentro era otra historia, Tom se arrimo a una mesa y nos sentamos, se acerco una muchacha muy guapa con una libretita en una mano y con un lápiz en la otra,...... ¿mencione que era guapa? … ¿si?, la verdad es que era extremadamente guapa, se dirigió a Tom y él rápidamente ordeno algo para comer, una vez tomada la orden, Tom me dijo que fuéramos a la barra en donde por entremedio de todos los clientes llamo al bartender y le pidió que se acercara, un tipo blanco de pelo castaño, ojos claros, de camisa caribeña con un estampado de palmeras y bien colorida, a gritos intercambiaron algunas palabras y era obvio que estaban hablando de mí, encontré que era ese el momento para hacerme a un lado y busqué el baño, fui hice mis negocios y aproveche de refrescarme un poco, me sentía agotado la noche anterior casi no había dormido y no tan solo por el calor Panameño que me había mandado a la ducha dos veces empapado en sudor, pero también por la pensadera y la incertidumbre de no saber con que me encontraría en Bahamas, busque a Tom entre medio de la gente y me senté enfrente a él, vi que la comida estaba en la mesa y era una deliciosa hamburguesa de tamaño respetable, rodeada de un montón de papas fritas, Tom ya estaba comiendo y media hamburguesa había desaparecido de su plato, y yo que cargaba un hambre más grande que los aretes de Doña Marta, me puse en la deliciosa tarea de comerme todo lo que estaba en el plato, estaba yo en plena lucha con la hamburguesa cuando llegó de forma sorpresiva el tipo que anteriormente había estado conversando con Tom en la barra, se sentó y me hablo en español, …Hola me llamo Felipe y me dicen Pepe, soy el bartender de aquí y soy amigo de Tom, soy Español vengo de Valencia, ….. hola me llamo Mauricio soy Chileno, Tom miró a Pepe y le dijo algo, Pepe me mira a mi y dice... Tom te vio llegar a la marina hace rato atrás y quiere saber si buscas a alguien en particular, has estado sentado en la banqueta por más de dos horas, ……….. si eso es verdad, yo no me di cuenta que el me había visto desde que llegué, pero si me saludo cuando pasó por mi lado con sus amigos, busco un lugar en donde pasar la noche, algo barato y ya veré mañana qué hago, …….. pero …. ¿cuál es tu historia en que negocios andas?, ………. no tengo tanta historia, pero sí me preocupa que mi maleta está en su yate, solo estoy de paso y no ando en malos negocios,... Pepe le tradujo a Tom lo que estábamos hablando y Tom lo tomó con calma, se sonrió y habló con Pepe, …... dice Tom que si quieres te puedes quedar en su yate por esta noche y ya mañana veras que haces,........¿Ese tremendo pedazo de yate es de él?, está precioso, dile que ¡sí! y que muchas gracias,....... bueno el yate no le pertenece, él tan solo es el encargado de cuidarlo y darle mantenimiento, el dueño viene a la isla por temporadas ya la próxima semana llega. Terminamos de comer pague por la comida y antes de irnos le pregunté a Pepe que días trabajaba y a que horas por si necesitaba preguntarle o traducir algo en el futuro, con la información en mi poder nos fuimos al yate en donde Tom me dio un camarote de cinco estrellas para dormir, eso era un lujo de primera, deje mi maleta y fuimos a cubierta en donde nos sentamos y fumamos unos cigarrillos tranquilamente, trajo una botella de licor me ofreció un trago pero no acepte, nunca me llamó la atención tomar licor, el cansancio ya me tenía con los ojos medios cerrados me puse de pie y le hice señas a Tom que me iba a dormir, pase una noche espectacular dormí toda la noche el ambiente estaba fresco justo para cobijarse levemente y dormir lo mas profundo posible. Al día siguiente me levante temprano y salí a cubierta, Tom ya estaba en pie y me ofreció una taza de café, hablar con él era difícil, aparte de algunas señas para lograr entender algo sin importancia, no había comunicación, ya estaba en Bahamas y tenía menos de una semana para buscar solución a dos situaciones : la primera averiguar cómo podía llegar a Estados Unidos vía marítima en menos una semana, y la segunda buscar un lugar en donde dormir si no encontraba solución a la primera, Pepe había mencionado la noche anterior que el dueño del yate llegaría la semana siguiente, Tom me había ofrecido hospedaje por el hecho de estar solo en el yate. después de estar largo rato en cubierta observando a mi alrededor, viendo cómo se desenvolvía la gente, admirando el sistema de vida que poseían, aparentemente sin mayores preocupaciones, con una situación económica holgada, disfrutando del cálido clima y de la hermosura del mar caribeño, recorriendo con la vista por todo el entorno me di cuenta que había baños públicos, los fui a chequear y mire que aparte de tener varios toilets y lavamanos tenían ducha secadora de pelo, jabón de manos y también para bañarse, el baño estaba de lujo. Camine por toda la marina tan solo mirando, sin buscar nada en particular y así como vi a mucha gente, mucha gente me vio a mi, y así como me saludaban con un movimiento de cabeza o con un ¡hi!, así mismo los saludaba de vuelta. Llegada la tarde me entro la inquietud de salir a la calle a conocer un poco, pero no tenía llave para entrar de vuelta, fui de regreso al yate y como pude le expliqué a Tom la situación, y el muy amablemente me dio una llave, mostrándome que el tenia otra en su llavero, fui a caminar tratando de cubrir bastante territorio, note que había comercio y después de un buen rato entre a un pequeño supermercado que vendía de todo, compre unos cigarrillos, una bolsa de pan, un paquete de jamón, un poco de queso y una caja de jugo, ya estaba la cena de esa noche y el desayuno del día siguiente, Tom me estaba dando un lugar en donde dormir sin saber todavía si me iba a cobrar, por lo menos tendría que gastar en mi alimentación. Ya casi entrada la noche llegué de vuelta a la marina, Tom estaba en el yate con los mismos amigos de la noche anterior pasando un buen tiempo bebiendo, fumando, escuchando música y platicando, nos saludamos y le pareció gracioso que hubiese comprado algo para comer, y que bueno que lo hice porque no se vieron indicios de comida en el yate. Me preparé unos sándwiches, me los devore y a dormir. Al día siguiente por la mañana y ya en cuenta regresiva me puse un poco inquieto por mi situación, estaba llegando al tercer día en Bahamas y no tenía nada planeado ninguna información cero contactos para el siguiente paso a seguir y llegar a USA, hasta el momento conocía a dos personas, Tom y Pepe y pensé en hablar con Pepe esa misma noche para preguntarle si tenía alguna información de como viajar a Estados Unidos por vía marítima, o si conocía de alguien que supiera algo al respecto, y que también le preguntara a Tom lo mismo. me salí de la marina y fui a recorrer las calles nuevamente, camino a la puerta de salida divisé a dos muchachos que estaban en la entrada, por la parte de afuera de la marina, los cuales se acercaban y hablaban con los transeúntes y con cada persona que saliera o entrara de la marina, no se porque pero me llamó la atención el proceder de ambos muchachos y me detuve por un rato a observar qué era lo que hacían, cuando no pasaba nadie se sentaban en la misma banqueta en que me había sentado yo por más de dos horas dos días atrás, pero apenas se aproximaba alguien, ellos se ponían de pie entusiastamente y se acercaban a la persona hablando o preguntando algo, hasta que una mujer se detuvo, los escucho, les brindó una leve sonrisa, sacó un billete y se los dio, al rato sucedió lo mismo con otro transeúnte y así sucesivamente, ambos eran morenos de pelo rizado como de unos cinco pies y cinco pulgadas de estatura, vestían shorts, zapatillas, y uno de ellos no usaba camiseta aunque la cargaba en su mano. lentamente me fui acercando a la puerta temiendo que al salir, se me acercaran con la misma actitud que a las demás personas y me pidieran dinero, y así fue, uno de ellos se acercó primero y seguido llegó el otro, ambos me hablaron al mismo tiempo pero lógicamente no entendí nada ni tampoco les di dinero, en vez de irme a caminar me senté en la banqueta a observar qué hacían, por un espacio de más o menos cuarenta y cinco minutos estuve sentado observándolos, de vez en cuando se acercaban a mi, se sentaban a mi lado y me hablaban, pero el idioma era la barrera que me impedía entender y comunicarme, pero como siempre, las señas universales eran parte primordial en todo intento de comunicación y después de un largo rato, logré enterarme que eran hermanos, uno de ellos tenía trece años y se llamaba Través y el otro era de quince y de nombre Tommy. Entre señas, medias palabras, ademanes, gestos y risas, veía cómo ellos lograban que las personas les dieran dinero, mas ellos no tenían un aspecto pordiosero o de malandros, todo lo contrario se miraban limpios y buenas personas, pase un rato bien agradable con los dos y luego me fui a caminar, en la salida de la marina había un estacionamiento por el cual se transitaba obligadamente al llegar o salir de ella. estoy caminando frente al estacionamiento y veo a Pepe quien se estaba bajando de un vehículo, de inmediato le hice señas con mi mano y me acerque a saludarlo, me reconoció al instante y conversamos un par de minutos, me contó que le habían cambiado el turno de trabajo a última hora y que por eso venía temprano a la marina, aprovechó de quejarse de su jefe y de sus compañeros de trabajo, también comentó que solo estaba en la Isla por una temporada corta y pronto regresaría a España, conversamos de sus planes, de su rutina diaria, me contó cómo fue que llegó a ser bartender, una pregunta lleva a la otra y lógicamente me pregunto cual era mi situación y que hacía en Bahamas, y aunque no le tenía mucha confianza y sin muchos detalles lo puse al tanto de mis planes, y recordó que meses atrás había escuchado en el restaurante a unos tipos con acento caribeño, hablar de la Isla Bimini diciendo que desde ahí se llegaba más fácilmente a Miami, pero más que eso él realmente no sabía, tan solo fue una conversación como tantas otras que se escuchan en un bar, noche a noche él tenía la oportunidad de conversar con clientes y escuchar sus historias, algunas de ellas no muy creíbles y otra que merecían una cierta credibilidad, que tan cierto era lo que escucho acerca de la Isla bimini, no se sabía pero le pareció bien comentármelo, le pedí el favor de comunicarle mis planes a Tom ya que por el idioma se me hacia difícil platicar con él, el Español me levanto el animo con su comentario y me dio esperanzas, ya había algo en el aire con respecto a cómo llegar a Estados Unidos, era cosa de tiempo y de indagar más en el asunto, seguí mi camino y nuevamente llegue al supermercado, entre y busque una mantequilla, el día anterior había comprado de todo para un sándwich pero se me olvido la mantequilla y me supo feo, con el hambre que cargaba me prepare tres sándwiches y me los devore pero les faltó lo que le da el sabor especial, mantequilla. Camino de vuelta a la marina me encontré nuevamente con los dos hermanos, estaban en la entrada de la marina cerca de la banqueta, por lo visto estaban trabajando horas extras, me quedé otro rato con ellos y se dieron cuenta que llevaba en la bolsa una cajita de mantequilla, empezamos nuevamente a tirarnos todo tipo de señas para comunicarnos, pienso que si yo hubiese hablado inglés o ellos español la conversación habría sido más o menos así............ ¡Hola muchachos les salió largo el día!,........ pues si, la clientela está buena y hay que aprovechar..., estoy de acuerdo, pero ya llevan aquí un montón de horas, no sean abusivos con la gente........, cual abusivos, esto es trabajo para nosotros o ¿usted cree que la estamos pasando bien? ...., no pues yo tan solo digo ....,¿y usted dónde andaba, fue a la tienda?,.......... Si, pasaba por ahí y me acordé que me faltaba mantequilla, ...¿mantequilla?,........ si, mantequilla, es que ayer me preparé unos sándwich de jamón y queso, pero sin mantequilla y no me gustaron mucho,........... nosotros con el puro pan estamos hechos,.........no, yo no, a mi me encanta la mantequilla.......... por favor no hable de comida porque nosotros no hemos comido nada ...., ¿nada?,...... ¡nada!,........ si quieren yo les puedo preparar un sándwich a cada uno para que engañen la tripa,.......... ¿de verdad usted haría eso por nosotros?,........... pues si, el hambre es perra y muerde, yo la conozco...., pues entonces aceptamos porque todavía nos queda una hora más de trabajo,.......... Está bien muchachos ahorita vengo y si no pues nos vemos otro día,........¡gracioso! ..... ha ha ha ha ahorita regreso. [algo así habría sido].

Cuando vine de vuelta, me estaban esperando ansiosamente, aproveche el hecho que les estaba preparando unos sándwiches a ellos y prepare uno para mi, al llegar nos sentamos en la banqueta y comimos juntos, el jugo lo compartimos de la misma caja pues no tenía brazos, sin ingles ni Español nos reímos y disfrutamos de esos panes como si hubiésemos estado en un buen picnic. Me di cuenta que no eran malos muchachos pero que sí estaban necesitados, de lo contrario no estarían pidiendo dinero en la Marina. Por un momento pensé que al estar ellos bastante tiempo en la calle podrían tener algún tipo de información para llegar a Estados Unidos, pero como preguntarles claramente, sin tener la necesidad de usar señas que se podrían malinterpretar. Nos despedimos con la satisfacción de saber que habíamos sido amigos por un día, me fui al yate y mientras fumaba tranquilamente en cubierta pensaba en lo que me había dicho Pepe acerca de la isla Bimini, me quedaban tres o cuatro días para hacer algo antes que llegara el dueño del yate, a Tom casi no lo veía, pero él no me preocupaba, el hecho que yo estuviera durmiendo en la embarcación no le molestaba en lo absoluto ni tampoco le perjudicaba, Tom era un tipo muy descomplicado y buena gente, lo cual me parecía muy bueno, ese día tuve la oportunidad de disfrutar un atardecer en la Isla, fue una maravilla ver como el cielo cambiaba de color una y otra vez, el anaranjado combinado con el amarillo se entrelazan dejando algunos espacios blancos y celestes, aparecían unos intensos trazos rojos como pintados con un pincel fino y en minutos todo eso fue cubierto con un color morado claro, en forma de abanico, eso fue todo un espectáculo. Disfrutando del atardecer estaba yo, cuando llegó Tom con su modo calmado, tranquilo y con una sonrisa a flor de labios, llegó con sus amigos y se sentaron a platicar, Tom se levanto y me hizo una seña para que lo siguiera, fuimos al restaurante y hablo con Pepe, el cual me informo que el dueño del yate llegaba en dos días, asimile la noticia lo mejor que pude a sabiendas que me tenía que ir, con uno o dos días de diferencia, aproveche y le dije a Pepe que le preguntara a Tom si tenía conocimientos de como llegar a Estados Unidos vía marítima, Tom le contestó que siempre hay viajes a Isla Bimini y de ahí se cruza a Miami, pero más que eso no sabía ni tampoco quería saberlo, según Tom todo lo relacionado con Bimini eran malas noticias, siempre se escuchaba acerca de contrabando y drogas que involucran a la Isla de Bimini, y a él no le gustaba involucrarse en nada de eso, me pidió que tuviera cuidado con lo que quería hacer y sobre todo si mis intenciones eran de viajar a esa Isla. Le pregunté al Español si trabajaba al día siguiente y me dijo que sí, pero entraba en el segundo turno, osea que estaría en la marina a eso de las seis de la tarde. Llegó la hora de dormir y ya no fue como las dos noches anteriores, conciliar el sueño no fue tan fácil a pesar que el clima era una maravilla, ni caliente ni frío. Tenía información valiosa que analizar y planes que trazar, los cuales se modificaban constantemente según la situación en la que me encontraba, como dice el dicho improvisar es de inteligentes pero planificar es de sabios.

Mi tercer y penúltimo día en el yate, Tom como siempre ya estaba en pie, la verdad yo no sabía si se acostaba a dormir o pasaba toda la noche en vela y en cubierta, nunca vi su camarote, pero el café que me brindaba por la mañana me sabia tan rico, que si él dormía o no dormía era lo menos que importaba. Ese día al salir de la marina camine en dirección contraria a la que había caminado los dos días anteriores, también encontré algunas tiendas, más no centros comerciales como en la otra dirección, más bien era como una costanera, se miraba el mar en toda su anchura, había un camino de tierra con césped a los costados y entre mas avanzaba mas palmeras encontraba, seguí caminando y más adelante por mi derecha se encontraba una carretera de dos vías, con un tráfico vehicular considerado y con una solera bien angosta pero con suficiente espacio para caminar, el área verde con palmeras y el camino de tierra por el cual yo estaba caminando se hacía cada vez más placentero, se miraban áreas con jardines y hermosas flores de todos tamaños, clases y colores, a un costado se miraba tan solo la carretera y al otro un área verde con palmeras y un muro de piedra a ras de césped, tal muro daba comienzo a unas gradas de piedra, las cuales al bajar por sus cuatro peldaños se llegaba a las arenas de la playa. me saque las zapatillas me arremangué los pantalones y bajé a la playa, camine en la arena para dirigirme al mar, me moje los pies y me quedé ahí mirando el mar por horas, los recuerdos de cuando disfrutaba los días de playa en mi país eran imposibles de evitar, días hermosos con la familia, con los amigos, recordaba las caminatas románticas por las arenas en las playas de viña del mar, recordaba cuando en vez de ir a la escuela, nos reuníamos con varios amigos y planificábamos un viaje a la playa por toda la mañana y parte de la tarde, especialmente si en ese día nos tocaba recibir clases de inglés …… ironías de la vida... lindos recuerdos pero mi realidad era otra, tenia un día para buscar en donde quedarme, el dueño del yate llegaría al día siguiente y mi estadía se vería interrumpida, las palabras de Tom me calaban más de lo que yo deseaba, la posibilidad de viajar a la isla de Bimini sería muy arriesgado pero hasta ese momento era todo lo que había logrado averiguar. Seguí caminando por la costanera la cual era larguísima, mucha gente a mi entorno, muchos bañistas, personas de todas las edades, algunos jóvenes jugando voleibol, otros tomando sol, algunos platicando y muchas como yo tan solo caminando. El hambre como siempre me recordó que a don estómago tan solo le había brindado una taza de café en la mañana, la cual ya había orinado rato atrás, en el yate tan solo tenía un pedazo de pan y mantequilla, el jamón y el queso se habían acabado por andar de bridón el día anterior ; El dinero que cargaba no pasaba los noventa dólares, en Panamá trabaje pero lo ganado no fue suficiente como para lograr un gran ahorro, allá también había tenido gastos aunque la mayor cantidad la gaste en el pasaje a Bahamas, por tal motivo no quería gastar en nada, tenía tanto por hacer y contaba con tan poco dinero, mis anhelos y mi meta ya estaban trazados desde hace mucho tiempo, pero el lograrlos dependen del día a día, si en mi poder tenía noventa dólares y para dar el siguiente paso requería de doscientos, eso quería decir que había que buscar los ciento diez a como diera lugar. Camino de vuelta al yate pase por una tiendita y compre otra bolsa de pan pero esta vez más pequeña, una cajita de jugo, la cena ya estaba en el menú, pan con bastante mantequilla y jugo, al llegar a la marina fui directamente al restaurante para hablar con Pepe, le pedí el favor de darme un papel y lápiz y escribí lo siguiente [me llamo Mauricio y busco trabajo puedo trabajar todo y todos los días] y le dije a Pepe que escribiera lo mismo pero en ingles, la carcajada que dio Pepe fue inmediata, se reía con tantas ganas que hasta yo me puse reír, de verdad que me sorprendes dijo Pepe, estás buscando lo tuyo en serio, y muy amablemente me tradujo lo escrito con muy buena letra, gran tamaño y muy legible. Al día siguiente no sabía en donde iba a dormir y no quería cargar con la maleta, entonces nuevamente le pedí al Español el favor de guardarla hasta nuevo aviso, me ofreció mantenerla en el maletero de su auto, a él no le molestaba en absoluto y me dijo que cuando la necesitara de vuelta, que tan solo lo buscara en la marina,,........¡Pepe! un favor más.…..., cuando veas y hables con Tom dile que estoy eternamente agradecido por dejarme dormir en el yate, dile que al igual que tu, es un tipazo,........¡Ha ha ha!, no te preocupes chaval, yo me encargo de eso…., fui al yate y ahí estaba Tom, esta vez sin compañía de amigos y en plena faena de limpieza, todo indicaba que se estaba preparando para el día siguiente cuando llegara el dueño del yate, le arranque de las manos el trapo y la botella de spray, me puse a limpiar y a sacudir el interior del yate el cual contaba con una sala enorme, sofás de cuero, mesas, televisor y hasta un mueble lleno de libros, Tom se puso a limpiar otra sección del yate incluyendo la cocina y los otros camarotes, en toda esa tarea estábamos cuando Tom me mostró varias fotos en donde aparecen personas muy bien vestidas y de apariencia importante, Tom me hablaba y trataba de explicarme cosas de la cuales logré entender que el yate le pertenecía a una familia con un puesto muy importante en el gobierno de los Estados Unidos [otra vez, ironías de la vida]. La limpieza llegó a su fin, Tom me dijo que al día siguiente el dueño llegaría en horas de la tarde por lo cual no había necesidad de irme tan temprano, nos sentamos en cubierta y disfrutamos de unos cigarrillos, Tom se tomó unos tragos y yo pensaba en que haría al día siguiente, mas no encontraba respuesta, no me desespere ni me angustie, tan solo me encomendé a Dios una vez más y disfrute de la noche, qué fácil habría sido comprar un pasaje de avión desde Bahamas a Estados Unidos, en menos de una hora estaría llegando a mi meta, pero desafortunadamente cuando estuve en Panamá, cometí el gran error de ir al consulado Americano y solicitar una visa de turista para visitar el país, en la última hoja de mi pasaporte estamparon un pequeño timbre que evidenciaba la negación de la visa, con eso ya estaba condenado a no poder entrar a los Estados Unidos por avión, mas sin embargo con ese mismo pasaporte pude viajar a Bahamas y entrar sin ningún problema. Llegó la mañana y el café de Tom me supo más sabroso que de costumbre, ese día no salí a ninguna parte tan solo me quede en el yate con la certeza de saber que nunca más tendría la oportunidad de estar abordó nuevamente, nunca vi el baño del yate, Tom había dejado claro que no estaba permitido usarlo por lo cual siempre me bañe e hice mis necesidades en el baño publico de la marina, los cuales eran muy bonitos y limpios, tal y como lo mencione anteriormente, contaban con secadora de pelo, jabón, shampoo y siempre con papel higiénico, en realidad nunca antes había visto un baño público con tales características. Llegó la tarde y con ella la hora de mi partida, Tom todavía estaba ocupado en finiquitar pequeños detalles pero no de menos importancia, me despedí de él con un apretón de manos y un abrazo, con señas mencionó la llave, misma que me había pasado anteriormente para que yo entrara a la marina, la saqué del bolsillo y procedí a entregársela, pero no la quiso recibir, me dio a entender que podía conservarla pero con mucha prudencia a la hora de usarla, tome mi maleta y me baje del yate, me dirigí al restaurante en donde ubique a Pepe quien me recibió la maleta y me dijo que todo seguía tal y como lo habíamos hablado anteriormente. Salí de la marina y decidí tomar camino a la derecha hacia la playa, el plan ya estaba en marcha, comprar algo sencillo para comer, caminar por la playa y dormir en la misma, compre unas galletas, jugó un paquete de cigarrillos y pase la noche sentado en la playa, conmigo cargaba una bolsa de género que tenía estampada la imagen de un muelle de madera y un bote amarrado con un atardecer que se reflejaba en el mar, esa bolsa estaba en el camarote la primera noche que dormí en el yate, me llamó la atención el paisaje, la bolsa estaba bonita, se la pedí a Tom la noche anterior cuando estábamos limpiando y me la regaló, antes de acostarme guarde dentro de la bolsa un pantalón, una camisa, calzoncillos, calcetines, el cepillo de dientes, una pasta y la biblia que me regaló una tía antes de salir de chile, la cual había empezado a leer por primera vez cuando iba en el avión camino a panamá sin saber en ese entonces, el impacto que tendrían sus palabras en mi vida ; Siempre tuve la idea, la información y la fe que existía un Dios y un Cristo crucificado, pero en realidad nunca supe con certeza de que se trataba todo ese concepto llamado religión, sabía de la existencia de un libro llamado biblia pero la verdad es que nunca lo había leído, supuestamente todos en mi familia inmediata y extensa éramos católicos, asistí a la iglesia en muy pocas ocasiones y obligadamente, me presentaron a un Dios bueno pero castigador, conocía dos tipos de creencias, la católica y la evangélica, la primera fue con la cual me criaron mas nunca me explicaron, la segunda la conocí por medio de una amiga a la edad de quince años, ella si se tomo el tiempo de enseñarme algo más que un Dios creador del cielo y la tierra, esta amiga vivía lo que predicaba, y confieso que me gustaba mucho escucharla, la emoción que sentía ella cuando me platicaba y la paz que reflejaba su mirada era algo que se antojaba de tener. Pero la ignorancia y el temor de seguir otra religión que no fuera la que me inculcaron hizo que no prestara atención y siguiera en mi ignorancia.

Traté de cerrar mis ojos por ratos y dormir por lapsos cortos, pero fue difícil lograrlo, estaba a la preventiva y cualquier ruido o movimiento me llamaba la atención, pensé que por ser zona de playa todo estaría tranquilo y sin gente alrededor pero no fue así, bastantes jóvenes transitaban en altas horas de la noche y madrugada, grupos de amigos y parejas pasando un buen tiempo y por la misma razón yo pase desapercibido para todos los demás, llegó la mañana y a pesar de no haber dormido mucho me sentía bien, tenía todo un día por delante para ver en qué dirección me llevaría el viento, mi primera reacción fue anhelar el cafecito que Tom me brindaba por las mañanas, tome mi bolsa y me salí de la playa, sacudí la arena de mi ropa y empecé a caminar con destino a la marina, con la intención de entrar y bañarme después de todo tenía llave y varias personas me reconocerían, no sería un extraño tan solo un día mas en la marina, cuando estaba bajo el chorro de agua de la ducha, pensé en ir al restaurante donde trabajaba Pepe, comprarme un café y después ir a la tienda a comprar unas galletas o algo para desayunar, la poca comida que había guardado para el desayuno me la comí en horas de la noche, grande fue mi sorpresa al vestirme y buscar en el bolsillo del pantalón el dinero que tenía guardado, no lo encontré en el pantalón ni en la bolsa, registre todo lo poco que tenía conmigo y no encontré el dinero, me regrese nuevamente a la playa lo más rápido posible y busque por todas las partes en las cuales había estado caminando durante la noche, y no encontré nada, me sentí devastado. Que manera mas absurda de estar empezando el día, sin haber dormido casi nada, sin saber a donde ir, sin un contacto, con hambre y sin un centavo en el bolsillo, me senté en el muro de piedra que estaba a orillas de la playa y pensaba en las únicas dos personas que conocía, Tom y Pepe los cuales ya habían hecho mucho por mi y que no deseaba molestarlos nuevamente. Esa mañana opté por caminar un poco más lejos que otros días para ver si encontraba algo nuevo, pero todo me parecía igual, tiendas, pequeños centros comerciales, carretera de dos vías, playa, mar, gente caminando, comprando, paseando. Llegue al punto que tuve que devolverme a la playa, el día estaba transcurriendo rápido y el atardecer ya estaba en su pleno apogeo, el hambre me estaba dando un a paliza y no tenia con que defenderme, pase el día tomando agua de unas fuentes ubicadas en las zonas verdes y fumando para engañar la tripa, llegue a la playa y seguí caminando, se me ocurrió hacer algo un poco arriesgado, pero el hambre me decía que todo saldrá bien, seguí caminando y pase por frente de la marina aproveche y use el baño, continué mi camino para llegar al supermercado el cual era más grande comparado con el que estaba cerca de la playa, en este supermercado tenían carritos de compra y en el otro no, una vez adentro tome un carrito y comencé a poner varias cosas dentro de él, y mientras recorría los estantes abrí un paquete de galletas y me las comí, abrí una caja pequeña de jugo y me la tome, repetí lo mismo una vez más y comencé poco a poco a poner las cosas de vuelta en los estantes, las dos cajas de jugo vacías de vuelta a su lugar de origen y el envuelto de las galletas las escondí entremedio de otros productos, espere un tiempo prudente y salí del supermercado junto con otras personas, mi estómago no paraba de agradecerme por lo que había hecho por él. La noche fue una réplica de la anterior así como también el día siguiente, al tercer día cambie de supermercado fui al que estaba cerca de la playa, resultó un poco más difícil comer algo pero no salí con el estómago vacío. Ya eran como las nueve y media de la mañana del cuarto día y todo parecía igual, aun no resolvía nada, y aunque no estaba desesperado tampoco estaba conforme con mi situación actual, vivir a la intemperie y prácticamente desamparado, eso no era parte del plan pero había que adaptarse al día a día, como a las diez de la mañana tome camino a la marina para ducharme y usar el baño, bendita llave como me sirvió, al llegar me encontré con los dos muchachitos hermanos Tommy y Través, los cuales estaban " trabajando " al igual que el día en que los conocí, nos saludamos y estuvimos un rato juntos, al estar bañándome pensé en que estos muchachos podían saber de algún lugar en donde poder pasar la noche, pero ¿cómo hacía para preguntarles?. Al terminar de usar el baño, salí de la marina y los muchachos se acercaron a mí preguntándome porque andaba con esa bolsa, y porque me bañe en la marina, ahora bien,........ nuestra comunicación, estaba basada en señas y suposiciones, en adivinar, en la lógica y en la necesidad de entender y comunicar. Después de sentarme con ellos y dialogar, yo di por hecho que les dije todo lo que estaba pasando conmigo y no tan solo eso, sino que también di por hecho que me habían entendido, estuvimos sentados en la banqueta por un rato mas y me pidieron que los acompañara, empezamos a caminar por el área que yo conocía, pero de repente tomaron atajos y calles que eran nuevas para mi, llegamos a un complejo de casas en muy precaria situación, el barrio se veía temeroso, pero ellos saludaban a todos los que por el camino se cruzaban y por lo visto todos los conocían, llegamos a una casa de madera muy descuidada y pequeña, entramos y vi una mesa, tres sillas, un sofá maltratado y desteñido, cocina comedor y sala era un solo ambiente, en un cuarto había una cama y un nochero, y en el otro había dos colchones en el suelo, todo se miraba desordenado y sin asear pero para ellos era todo normal, me mostraron la casa y me ofrecieron asiento, Tommy empezó a preparar algo de comer, cocino algo parecido a un puré de papas sintético pero no lo era, después preparó unos huevos y nos sentamos a comer, la pobreza en la que vivían estos muchachos era conmovedora, se notaba de lejos que sus recursos eran escasos, todo el ambiente delataba pobreza, pero ellos eran tan humildes, sinceros y buenas personas que la pobreza era tan solo una situación que les tocaba sobrellevar. Ese día no se hizo más que estar con ellos dentro de su casa y fuera de ella, tratando de averiguar tanto ellos de mi como yo de ellos, según yo, les conté que había estado en panamá y que la única razón por la cual estaba en Bahamas, era para llegar Estados Unidos y que según ciertas persona había posibilidades de ir a Isla Bimini y cruzar a Miami, pero para todo eso necesitaba dinero, y el poco que tenia lo había extraviado días antes cuando me quede en la playa por primera vez, sin hablar nada de ingles di por hecho que me habían entendido toda la historia, de repente me acordé de la nota que Pepe había traducido para mi, la cual tenía guardada en la biblia, la saque se las mostré e hicieron una cara de asombro hablaron entre ellos y me dieron a entender que al día siguiente se haría algo al respecto con esa nota, Tommy agarro el papel y se lo puso en el bolsillo. Por un momento salimos a la entrada de la casa para tomar un poco de aire y seguir " platicando ", en eso estábamos cuando llegó una mujer delgada con una blusa corta y de minifalda, con una cartera colgando de su hombro, saludo a los muchachos, preguntó quién era yo, Traves hablo con ella muy brevemente, ninguno de ellos mostró interés en intercambiar palabra con la mujer, ella entró a la casa y nunca mas la volví ver, después supe que era la madre de ambos, a la hora de dormir me dieron uno de los colchones que estaba en el suelo y en el otro durmieron ellos dos, pensé que por estar bajo techo y en un colchón pasaría una buena noche y dormiría profundamente, me recuperaría de todo lo que no había dormido las noches anteriores, pero no fue así, con el silencio de la noche empezaron a salir unas cucarachas enormes que volaban y pasaban cerca de mi cara, sentía ruidos de ratones a mi alrededor hasta que uno de ellos cruzó el colchón y pasó por encima de mis piernas, mire a los muchachos y estaban profundamente dormidos, esa noche dormí a ratos tan solo deseaba que amaneciera.

Por fin llegó la mañana y todos los insectos y roedores desaparecieron, fue una noche larga e incomoda para mi, pero un nuevo día estaba por comenzar y yo estaba intrigado por saber qué harían ellos con la nota que les había mostrado, apenas me levante me di cuenta que la madre de los chicos ya no estaba, pase al baño y me duche, ellos estaban en la cocina cuando salí del baño, el ambiente olía a huevo frito, alce una silla me senté con ellos y dieron un poco a comer, aproveche el momento y les mencione la nota nuevamente, se sonrieron y me dieron a entender que no me preocupara que se iban a encargar de ese trámite, lo cual me animo el día. Salimos de la casa y empezamos a caminar por calles nuevas para mi, Tommy y Traves eran dos muchachos alegres siempre riendo y bromeando entre sí, actuaban como típicamente lo harían todos a su edad, después de recorrer un buen trecho y haber llegado a otra parte de la costanera estábamos en un área obviamente turística, y nos quedamos en la parte trasera de lo que parecía ser un hotel, mientras ellos se quedaron sentados en un muro de cemento cerca de unos containers grandes de basura los cuales estaban dentro de un cercado de madera, yo fui a mirar al frente, y me percate que en sí era un gran hotel, con una enorme y lujosa entrada, gente llegaba con sus maletas y el personal las recibía con mucha cortesía y amabilidad, autos llegaban y salían, no me quise quedar mirando por más tiempo, tan solo camine por enfrente observando y después me devolví haciendo lo mismo, seguí caminando hasta llegar nuevamente con los muchachos, los cuales estaban sentados en el mismo lugar, me uní a ellos y pregunté qué pasaba, ¿que hacíamos detrás del hotel?, por un momento pensé que comenzarían a pedir dinero a los transeúntes, tal y como lo hacen en la marina pero nadie pasaba por ahí, de pronto se abrió una de las puertas traseras que tenía el hotel, eran cuatro en total pero la que se abrió era la única que tenía doble puerta, al levantar un poco la mirada se apreciaba toda la fachada trasera del hotel con ventanas por todas partes. Quien abrió la puerta fue una señora morena de mediana estatura, de pelo rizado, y vistiendo un delantal blanco, de inmediato me di cuenta que provenía de la cocina, yo había visto muchas veces antes a mi padre usando un delantal igual a ese. Una vez al mes tenía que visitar a mi padre en su trabajo, el cual estaba ubicado a unos cincuenta minutos de donde yo vivía con mi madre, no era una visita de placer, más bien era un trámite necesario en don-de mi padre le enviaba a mi madre cierta cantidad de dinero, yo era el mensajero entre ellos dos, al juntarme con mi padre le decía todo lo que mi madre sentía y necesitaba de él, y por supuesto mi padre se descargaba con la respuesta para mi madre, siempre lo miraba vestido de blanco, mi papá fue cocinero para las fuerzas armadas por treinta años, cocinaba como los dioses, cada vez que iba a verlo me llevaba a la cocina, muchas personas en su trabajo me conocían y todos siem-pre mencionaba lo mucho que me parecía físicamente a el, lo mejor de todo ese incomodo y obligado trámite, era que mi papá preparaba un almuerzo exclusivamente para mi, nunca me dio algo que estuviera ya preparado, el sabía exactamente lo que yo deseaba y esperaba para almorzar ese día, un buen pedazo de carne cocinada a término medio, sobre una cama de cebollas fritas, rodeada de papas fritas y dos huevos fritos encima, cualquier persona puede preparar ese platillo y en cualquier restaurante en chile te lo pueden servir, pero el estilo y sabor que mi padre tenía para condimentar la carne era único y peculiar, y en si todo lo que cocinaba era exquisito, sabroso y con un toque particular solo de él. Las circunstancias, más la falta de conocimiento, y la poca habilidad que tuvieron mis padres en manejar sus asuntos privados y de adultos, dieron como resultado que entre mi padre y yo no existiera una relación más cercana, así como la que existía entre mis hermanos y él, desafortunadamente esas visitas mensuales fueron construyendo un muro entre él y yo. Hoy en día puedo entender mejor el porqué de la personalidad de mi padre, de niño fue abandonado por su madre y no se sabía quien era su padre, se crió y creció bajo el cobijo de una familia quien lo adoptó no porque así lo planificaron más bien lo hicieron por un acto de bondad al ver que lo habían abandonado, la escasez y la pobreza fueron parte de su niñez y adolescencia, comenzó a trabajar a muy temprana edad y lo continuó haciendo hasta el día de su jubilación, ya estaba casado con mi madre cuando se le presentó la oportunidad de ser parte de las Fuerzas Armadas en donde aprendió su oficio de cocinero y presto servicio por 32 años. Creo haber tenido alrededor de 7 años cuando se separaron definitivamente, tengo muy vagos recuerdos de mi vida como una familia completa y funcional, hay fotos en blanco y negro que acreditan que esa etapa de los Sepúlveda si existió, el no fue un mal hombre y la verdad no se realmente que clase de esposo fue, mis hermanos dicen que fue un buen padre y un excelente proveedor, yo tan solo se que era mi padre porque así tenia que ser, nuestra relación tenia todo para ser fuerte, para que el me viera con orgullo, para que sembrase en mi consejos de vida y ayudarme a tener un futuro mejor, para caminar a mi lado viéndome crecer, madurar, pero no sucedió, sinceramente creo y siento que nunca se intereso en mi, mas hoy no lo culpo, tan solo fueron circunstancias de la vida que no se supieron manejar con la debida madures y responsabilidad. La señora que salió del hotel se dirigió directamente a donde estábamos nosotros, trayendo consigo algo envuelto en sus manos, la señora saludo muy cordialmente y de inmediato preguntó quién era yo, Tommy hablaba con ella y entre palabra y palabra se reían y me miraban, Tommy apuntaba con dirección a la marina como dando a entender que ahí fue en donde nos conocimos, Traves tan solo escuchaba y se reía, Tommy sacó el papel con la nota de su bolsillo y se lo mostró a la señora, la cual guardó el papel en el bolsillo del delantal, siguieron hablando hasta que la señora le entregó a Tommy lo que traía en sus manos, ella se despidió dando a entender que se había quedado mucho rato con nosotros y que debía volver a su trabajo, la señora se fue cerró la puerta y los chicos abrieron el paquete que contenía dos sándwiches envueltos en servilletas, la sonrisa de los muchachos y el gesto que hacían con su cara, claramente acusaban la aprobación del contenido y de algún modo yo podría interpretar que ellos sabían que la señora no los iba a defraudar, pensé que comeríamos ahí mismo pero no, nos fuimos a otro lugar de la costanera y sin piedad alguna nos devoramos esos sándwiches.

El día transcurrió sin mayor novedad y nuevamente pase la noche en casa de ellos, al día siguiente nos fuimos al hotel a esperar a la señora nuevamente quien después de un rato salió a juntarse con los muchachos, se acercó a Tommy y mientras hablaban ella me miró e hizo señas para que me acercarse, al hacerlo me dijo que ella era Mrs. Johnson y que la acompañara, yo miré a Tommy el cual me dio la aprobación y dijo que él y Traves me esperarían ahí sentados, Mrs. Johnson se dirigió hacia las puertas del hotel y yo obedientemente fui tras ella, entramos y lo primero que vi fue una tremenda cocina, otra vez me recordó mucho a cuando visitaba a mi padre en su trabajo, pasamos por medio de todos y llegamos a un comedor grandísimo con muchas mesas era, un restaurante espectacular muchas personas en las mesas y bastante personal atendiendo, seguimos recorriendo el establecimiento y llegamos al segundo piso, y entramos a una habitación con una mesa en medio con doce sillas alrededor jamás había visto una mesa tan grande y maciza, era de madera y con un diseño colonial en grabado, con diferentes tonos que brillaba de una forma espectacular, ahí nos quedamos un rato esperando sin yo saber a qué o a quien, ella algo me decía pero lo único que lograba entender era que me estuviera allí con ella, la Señora Johnson se comportaba de una forma muy amable y cariñosa, de pronto entro al cuarto un caballero canoso, muy bien peinado hacia atrás, de camisa manga larga de color blanco, con varios lápices en el bolsillo de la camisa, unos zapatos de cuero color café bien brillosos y pantalones de tela de color café oscuro, que curiosamente usaba más arriba de la cadera y de la cintura, bien asegurados con una correa bien apretada, caminaba un poco agachado acusando que ya tenía su buena cuota de años encima, una vez dentro del cuarto nos hizo seña para que nos sentáramos y me dijo que era Italiano, y que además hablaba un poco de español, me preguntó el nombre y me dijo que le podía llamar por Emilio, Don Emilio, muy pausadamente dijo que la Señora Johnson le había comentado que yo andaba buscando trabajo, y también me pregunto que hacia en Bahamas, a lo cual le comente que tan solo andaba de paso, Don Emilio poco interés le puso a mi respuesta y me ofreció trabajar en el hotel, le pregunté qué clase de trabajo tenía para mi o que tendría que hacer, me contestó calmadamente, tendrás que hacer de todo, limpiar, barrer, trapear, ayudar en la cocina, descargar el camión de los pedidos, arreglar la mercadería y otras cosas más. Y cuando quiere que empiece le pregunte, mañana me contestó, a las cinco de la mañana. Yo estaba contento viendo luz al final del túnel, eso significaba mucho para mi, tendría un trabajo, dinero, comida, y la oportunidad de conocer gente y contactos para conseguir información de como llegar a Estados Unidos.

Estaba feliz, agradecido y optimista al ver cómo se estaban dando las cosas, hace unos momentos atrás todo era incertidumbre para mi, nada concreto, e inclusive rápidamente pensé en dormir en el hotel buscarme un rinconcito por ahí, me despedí de Don Emilio y junto a la Señora Johnson nos regresamos por donde mismo habíamos llegado, al estar en la cocina la Señora me presento con el cocinero, un tipo bajito, de unos treinta y cinco años, vestido de pantalón negro y una camisa blanca de chef, un trapo tipo toalla en el hombro, y muy acelerado, el cual se llamaba Santo, quien entre Italiano y Español me saludó muy efusivamente y por lo que hablo la Señito, él se enteró que al día siguiente yo estaría en la cocina trabajado como su ayudante, la Señora Johnson me hizo a un lado y trataba de explicarme algo pero hablaba muy rápido y casi no usaba señas, tan solo hablaba y no captaba que no le entendía nada, entonces le hice gestos para que se callara y fuéramos con el cocinero ....¡Santos! ....¿come va? ..... La Señora Johnson está tratando de decirme algo pero no logro entender ......¿tu non parli inglese? .....¡Si hablara inglés no te pediría ayuda! ....¿Cosa vuoi che dica? ....¿Que? ....¡Che cosa le preguntare! .... Ah, pues, ¿que está tratando ella de decirme? .... Ok ora chiedo..ahora le pregunto espera ....dice che puoi stare con lei a casa sua, a una stanza sotto di se, salva il modo in cui vivono i ragazzi e crede che sia meglio se rimani a casa sua e molto vicino a qui .... ¡No me jodas por la cresta Santos!, yo tampoco hablo Italiano, una que otra palabra entiendo por deducción, pero háblame aunque sea mezclado con español ¡por favor!.

Al fin Santos entendió y desde esa vez en adelante me hablaba Español e Italiano mezclado, la Señora Johnson me ofreció quedarme en un cuarto de su casa el cual estaba vacío, ella savia de las condiciones en las cuales viven Través y Tommy y sería más conveniente para mi estar en la casa de ella por el trabajo, además que ella vivía muy cerca del hotel. Más que eso, yo no podía pedir, esa Señora fue un ángel para mi, a esas alturas de mi viaje no podía quejarme de las persona que se habían cruzado por mi camino, en Panamá la Señora Marta, se portó extremadamente bien, me acuerdo del día en que estaba en su casa y me invitó a salir con sus hijas y sobrinos, estaban listos para ir a comer hamburguesas, pero ese día yo tan solo quería descansar, había sido una semana dura en el taller de tapicería y quería estar en casa, además que con ese calor no me daban ganas de andar en la calle, iba al trabajo porque no había de otra, horas después llegaron todos contentos haciendo bulla, platicando y riendo como siempre, una de sus hijas me dio una bolsita y un vaso desechable con algo para tomar y me dijo .... Estábamos todos comiendo y mami dijo que te comprásemos algo de comer comentó Mireya, y yo te compre esta hamburguesa, ... Gracias Mirella, te lo agradezco mucho .... Esa fue la primera vez en mi vida que probé una hamburguesa de McDonald's, era un Big Mac con papas fritas que me supo espectacularmente sabroso. Nunca antes había oído de tal restaurante de comida rápida, esa familia me trató como uno más de ellos, e inclusive los parientes que llegaban de visita me brindaban cariño. Tom me dejo dormir en el yate que cuidaba, sin interés ninguno tan solo vio mi necesidad, y desinteresadamente me ofreció una mano, Pepe también me ayudó a su manera siempre a la carrera y descomplicado, Tommy Y Traves me brindaron literalmente todo lo que tenían y además me contactaron con la Señora Johnson y con el trabajo. Una vez afuera detrás del hotel los chicos hablaban con la Señora y parecían estar todos de acuerdo con que yo me fuera con ella, nos fuimos del lugar y ellos me llevaron por unas calles que parecían de barrio bueno, llegamos a una casa de color blanco con cerca de fierro al frente, tenía un ante jardín muy colorido y bien cuidado, entendí que esa era la casa de la Señora Johnson, tocaron el timbre y salió un muchacho alto delgado de pelo corto, y se pusieron a platicar, se podía ver que se conocían de antes, me llevaron dentro de la casa y me mostraron el cuarto en donde yo me iba a quedar, el cual estaba muy limpio con una cajonera y espejo, una cama bien hecha, y un nochero con una lámpara encima, lo justo y necesario, me parecía increíble todo lo que había avanzado en unos días, gracias a las personas que Dios ponía en mi camino. Le pedí a los muchachos que fuéramos a la marina a recuperar mi maleta que todavía estaba en el maletero del auto de Pepe, eso fue un trámite rápido, Pepe me entrego la maleta y me deseo suerte, ni siquiera le comente lo del trabajo el trabajo, llegada la noche cuando Tommy y Traves me dejaron en casa de la Señora Johnson y se fueron. A la mañana siguiente me levante temprano gracias al reloj despertador que la Señora me instalo en el nochero, me fui a trabajar junto con ella y me mostraba con detalles el camino al trabajo, llegando al hotel Don Emilio estaba esperándome listo y dispuesto para darme la primera tarea del día, me llevo a una parte del restaurante en donde había un bar en forma circular, justo en medio del restaurante, me llevó dentro del bar y me pidió que limpiara todo a mi alrededor, el mesón estaba repleto de ceniceros llenos de colillas, vasos por doquier la mayoría vacíos, pero varios otros con restos de trago y licor, me di la tarea de lavar copas, vasos, ceniceros limpiar el mesón, checar y organizar lo lavado y trapear la barra para la jornada, incluyendo todo el restaurante, moviendo mesas sillas y barriendo por todas partes, todo eso tenía que estar terminado a las siete de la mañana, porque a las ocho abría el restaurante y los meseros tenían que organizar las mesas con servilletas, servicios, decoraciones y todo lo demás que fuese necesario para atender al cliente. Al terminar con la limpieza me tenia que pasar a la cocina, en donde estaba el chef Santos, la Señora Johnson y dos Señoras más en plena faena de desayuno, me pasaron una lista de cosas que tenía que sacar de los refrigeradores de la cual entendía la mitad y la otra le preguntaba al chef, tenía que organizar un montón de cajas con mercadería, verduras frutas y mover otras cajas de un lado a otro, después tenia que ponerme un abrigo para entrar a las refrigeradoras en donde se guardaba la carne y organizar todo, el olor a pan tostado, tocino y huevos fritos me tenia viendo doble, el hambre que cargaba era más grande que los Zapatos de Don Emilio. Santos me pidió que empezara a lavar platos y todo lo demás que se estaba acumulando en el lavadero, pero me lleve las manos al estómago, lo mire a los ojos y puse cara de hambre ....Abbiamo appena iniziato a lavorare e hai fame ......¿que?......¿ya tienes hambre?.....Estoy aquí desde las cinco de la mañana, ¡claro que tengo hambre! .... en menos de lo que canta un gallo, Santos me preparo un desayuno de lujo, me dio un plato con huevos revueltos, tocino, queso, papas, y panqueques, yo busque un pedazo de pan, porque un chileno tomando desayuno sin pan, es inconcebible, me señaló un mesón al fondo de la cocina cerca de los refrigeradores, ordenó a que me sentara y me decía en voz alta, ¡magia maurizio mangia! ...., en un abrir y cerrar de ojos ese desayunos ya estaba depositado en mi estómago, con la misma rapidez que me lo devore así mismo me puse a lavar platos, tazas, servicio, y todo lo que estaba sucio, más lo que se iba ensuciando en el momento, estaba terminando de lavar lo último que se encontraba en el lavadero y apareció Don Emilio, quien me pidió que sacara toda la basura acumulada en barios sectores del hotel, empezando por la cocina, me dieron un container de un tamaño considerado con ruedas, en donde tenía que depositar las bolsas de basura y llevarlas hacia la parte trasera del hotel y tirarlas en un container grandísimo, era el mismo lugar en donde habíamos estado días antes con Tommy y Traves, hice varios viajes desde la cocina pensando que ya casi terminaba con tan tedioso trabajo, pero el viejito Don Emilio me tenia mas vigilado que a un ladrón en tienda, terminando con las últimas bolsas, me llevo a otro lugar en donde había el doble de bolsas que en la cocina, en uno de los viajes que hice al basurero me encontré con los muchachos los cuales se alegraron al verme, yo también sentí gusto al verlos, me di cuenta que la Señora Johnson tenía descanso a esa hora, y aprovechaba de darles algo de comer a los chicos, apenas terminaba de cumplir con sus quehaceres, juntaba lo que sobraba del desayuno y preparaba dos sándwiches, ella siempre reunía algo para darles de comer, los buenos sentimientos de la Señora Johnson y el deseo de ayudar a los demás era algo que formaba parte de su personalidad, con el tiempo aprendí que ella tenía muchos años trabajando en la cocina del hotel, ella era quien estaba siempre a la par del chef, y además era la consentida de Don Emilio, ella era muy responsable, puntual, limpia, honesta, la Señora era un verdadero personaje y ejemplo digno de imitar, pero mientras tanto, yo seguía sacando basura como nunca antes en mi vida, en uno de mis viajes al basurero Santos me llamó para que comiera, era la hora del almuerzo y me preparo una tremenda pizza para mi solito, ¡Mangia molto Mangia!. Parecía que Don Emilio me tenía bajo cámaras, porque apenas me encontraba un momento desocupado aparecía como espanto detrás mío, y me daba otra tarea para hacer, me llevo a unos cuartos para limpiar, y a limpiar, y limpiar, después me llevó de vuelta a la cocina, dijo que me lavara bien las manos, me dio un delantal y me pusieron a picar un montón de verdura, a esa hora ya no estaba Santos ni la Señora Johnson en la cocina, había otro cocinero, alto, delgado, brazos largos, pelo negro y lacio, con tremendo bigote y súper narigón, también habían otras dos mujeres trabajando junto a él, Don Emilio le dijo que yo era el nuevo trabajador y que estaría en la cocina para lo que él necesitara, este tipo quien se llamaba Celio, no tan solo era el cocinero sino que también era uno de los dueños del hotel, el manda mas era Mr. Pino, al cual vi un par de veces, un tipo con toda la apariencia de un hombre de negocios, no trataba mucho con el personal, siempre se dirigía a Don Emilio quien también era socio del hotel, así mismo hablaba con el cocinero Celio quien también era socio y al chef Santos quien era .... tan solo el Chef. Me quedé trabajando en la cocina, Celio hizo un excelente trabajo en mantenerme ocupado y sin pausa, mire el reloj y eran las siete de la tarde, estaba cansado no había parado en todo el día, el viejito Emilio me exprimió durante toda una jornada, pensé en ir a buscarlo para decirle que ya era hora de irme y descansar, pero antes le dije a Celio si podía darme algo de cenar, el cual accedió de muy buena manera ¡y de qué manera! Me preparo una chuleta muy bien condimentada y la acompañó de lo que ya estaba preparado para la clientela, arroz, vegetales y ensalada. Como dice el dicho ... barriga llena corazón contento...una vez satisfecho, me fui a buscar al viejito en su oficina y le pregunté hasta qué hora tenía que estar en el hotel, me contestó que ya podía irme y que usualmente trabajaría hasta las siete u ocho de la noche todos los días, y la verdad es que no me importo el horario tan extenso, tenía mis tres golpes de comida al día y no gastaba en nada. me fui a casa en donde la Señora Johnson y su hijo me estaban esperando, tratamos de intercambiar palabras y con mucho esfuerzo me decían que ambos estaban contentos que yo estuviera en su casa, como pude les agradecí su buena voluntad, rato después tome una ducha y me fui a dormir estaba exhausto. A medida que los días pasaban, la responsabilidad y obligaciones del trabajo más el convivir con las personas que me rodeaban, estaban encajando cada vez mejor, llegar al hotel a las cinco de la mañana y tener la barra limpia, más el área del comedor barrida y mapeada antes de las siete de la mañana, era tan solo un trámite para mi, habían días en que llegaba y aún estaban algunos clientes necios, que no querían irse sin antes beberse la última copa, la vida bohemia de algunos personajes que visitaban el hotel eran como sacadas de una película, la manera alegre de comportarse, la forma elegante en que vestían, la cantidad de licor que consumían, las mujeres hermosas, guapas y bellas que los acompañaban y la cantidad de dinero que gastaban, era algo que yo no había visto antes. Un mañana en la cual yo estaba lavando vasos en el bar, habían varios tipos vestidos de traje negro y camisa blanca, estaban entretenidos conversando, riendo y tomando el último vaso de licor, dos de ellos me hablan y bromeaban pidiéndome que les sirviera más bebida, aunque sabían que yo estaba en el bar tan solo para limpiar, llegó la hora en que todos se fueron pero a uno de los que bromeaba conmigo se le quedó un paquete de cigarrillos casi vacío, pero de igual manera los tome y salí en su busca, cuando lo ubique le entregue sus cigarros, entre risas y bromas con sus amigos me recibió la cajetilla y sacó veinte dólares de su billetera y me los dio como propina, su gesto me pareció gracioso tomando en cuenta que un paquete de cigarrillos solo costaba un dólar y centavos, el valor del dinero no siempre se aprecia por la cantidad impresa en el billete, si no por la necesidad y uso que cada uno tiene del mismo. Cada día que pasaba conocía más gente y no tan solo turistas pero también personas que trabajaban en el hotel, el personal era extenso entre mucamas, recepcionistas, garzones, meseras, cajeras, ayudantes de cocina y bartenders, lo que pasaba era que todos tenían diferentes días y horarios para trabajar, por lo tanto habían trabajadores que nunca compartían el mismo turno, a diferencia conmigo que trabajaba todos los días y por lo tanto con todos conviva, lo más curioso de todo era que aparte de los tres socios y el chef, yo era el único empleado que tenía tez clara y además latino, los dueños eran europeos y todo el resto del personal eran personas locales de la Isla y de raza negra, por el hecho de permanecer en el hotel los siete días de la semana y por tantas horas, tenía la oportunidad de trabajar junto a todo el personal y debido a que el viejito Emilio, disponía de mi para cubrir cada puesto de trabajo existente en el hotel conocí muchas personas. Trabaje como ayudante de las Mucamas limpiando cuartos, preparando camas, lavando baños y dejando la habitación lista para el siguiente o los mismos huéspedes, recorrí todo el hotel limpiando cuartos, Don Emilio me mando a trabajar con el Botones, recibiendo a los nuevos turistas y llevándoles las maletas a sus habitaciones, tal y como había visto tiempo atrás el primer día en que Tommy y Traves me llevaron al hotel para hablar con la Señora Johnson, y yo de curioso fui a la entrada del hotel a conocer y ver que sucedía. Don Emilio me mandaba a descargar cada vez que llegaba un camión con mercadería, por lo tanto ya conocía a los diferentes choferes que llegaban. Llegué a conocer cada rincón del hotel y prácticamente a todo el personal, gente buena y amable. Los días y las semanas pasaban y la idea de irme a Estados Unidos acrecentaba, pero no lograba concretar nada, hubo una vez en que le hice el comentario al chef Santos, quien me trataba como un amigo y era el que más me consentía con respecto a mi alimentación, el darme siempre algo nuevo para comer le causaba algo de alegría y satisfacción, pues yo encontraba todo delicioso y no dejaba sobra alguna en el plato, le pregunté si sabía o había escuchado algo con respecto a cómo viajar a Isla Bimini, pero no supo darme ningún tipo de información, el estaba en una situación totalmente diferente a la mía, todo para mi era pasajero y parte de un plan para seguir el camino a mi meta, pero el ya estaba viviendo su sueño, el cual era ser chef de un hotel turístico en Bahamas, y bien por él porque no le fue fácil llegar a tal instancia de su vida. una mañana de esas en las cuales estaba muy temprano barriendo el comedor, vi a una muchacha muy guapa de largas trenzas en su cabello, muy bien dotada físicamente, morena y bastante simpática, ella estaba sentada a un extremo de la barra, pensé que seria una de esas turistas que de vez en cuando se quedaban tercamente sentadas en la barra presas del desvelo. Nunca antes la había visto pero me saludó como si me conociera, le llamó la atención verme con escoba en mano y en plena faena de limpieza, primera vez que me veía a pesar que ya había escuchado de mi por medio de los otros compañeros, ella trabajaba en el turno de la noche atendiendo el bar y restaurante, después de todo no conocía al personal completo, pues yo no trabajaba de noche, se había quedado un tiempo mas ese día para hablar con el viejito Emilio, el cual llegó un rato después vestido como siempre con la misma ropa, y los pantalones bien apretados arriba de la cintura, la muchacha de nombre Shannon estaba cambiando de turno, al día siguiente dejaría de trabajar de noche para comenzar en el segundo turno, sería la nueva encargada de recibir a los clientes en el restaurante y llevarlos a su mesa ; mientras ellos conversaban sobre el cambio de turno yo continué con mis labores, y al término de su reunión se acercó a mí y se despidió muy amablemente, dejándome saber que pronto nos veríamos más seguidamente, la muchacha se miraba diferente como más educada y fina, marcaba la diferencia entre todas las demás que trabajaban en el hotel, además que era muy guapa, hermosa diría yo, curiosamente ya podía comunicarme mejor con todos, las palabras en ingles se me estaban quedando en la memoria y frecuentemente aprendía a hilvanar una que otra frase nueva, el entusiasmo que todos mostraban por enseñarme nuevas palabras era divertido, cada vez que decía o pronunciaba algo en ingles les daba alegría, y se atribuían el hecho de quien me lo había enseñado, la camaradería se fue tornando cada vez mejor entre ellos y yo. Era increíble ver cómo estaba pasando el tiempo y todo era tan normal para mi, el Viejito Emilio tan solo me hablaba cuando había que hacer algo nuevo, de lo contrario no se me aparecía en todo el día, aprendí a caminar por todo el hotel siempre mostrándome ocupado, nunca con las manos en los bolsillos y cargando alguna herramienta o mi fiel compañera la escoba, conocía mis quehaceres y a que hora del día tenía que llevarlos a cabo. El chef Santos, habló con el viejito Emilio para que me quedara más tiempo en la cocina, hablaba mucho conmigo y se comportaba de una manera más amistosa, y poco a poco fue enseñando ese interior amable y bondadoso que todo ser Humano tiene, pero que para algunos, toma tiempo para ponerlo en practica, me ponía a picar verdura cosa que tan solo debía hacer por las tarde con Celio, pero yo igual lo hacía y como todo un chef, Santos mostraba su apreciación y agradecimiento con unos suculentos platos de comida, a la hora del almuerzo. En ciertas ocasiones salí a conocer la Isla con los compañeros de trabajo, quienes me sacaban a pasear de vez en cuando por las noches, cuando terminaba mi turno, en cierta ocasión se realizó un festival de música en la playa y me llevaron a verlo, cuando llegamos al lugar, se encontraba repleto de personas, el escenario estaba bien iluminado y con un grupo musical interpretando temas en ritmo de reggae, todos en la playa estaban, bebiendo, riendo, bailando y pasando un buen momento, lo que nadie nunca supo fue que, en esa misma playa yo había estado anteriormente por las noches, tratando de dormir y de matar el tiempo hasta que amaneciera, días en los cuales no tenía donde dormir, y a pesar que ya había pasado un tiempo de eso, pero de igual manera haciéndome el de a peso y disimuladamente miraba hacia abajo y con el pie movía la arena de un lado a otro, por si encontraba el dinero que había perdido la primera noche que pasé en la playa. Con Shannon formamos una amistad más cercana, me invitó a su casa a cenar y conocí a su familia, la cual era bastante numerosa, su mamá preparó unos mariscos deliciosos y mientras cenábamos hubo una conversación entre ellos, en la cual logre captar la palabra Miami reiteradas veces, pero no lograba entender o adivinar con exactitud de qué se trataba, pero las ganas de saber no quedaron ahí, cuando nos subimos a su auto para que me llevara devuelta a casa, trate de averiguar más sobre el asunto, y me comento que ella viajaría pronto a Miami ; cuando me dijo eso, se prendieron las alarmas en mi mente y trate de asimilar la información que había recibido, me puse a pensar y a estudiar la manera en cómo ocupar el viaje de Shannon y obtener algún beneficio del mismo, el hecho que ella viajaría a Estados Unidos, tendría que ser algo favorable para mi. Al día siguiente y después que terminó su jornada de trabajo, le pedí por favor que viniera a buscarme cuando yo terminara de trabajar, en lo cual estuvo de acuerdo, las horas en el hotel se me hicieron larguísimas, me sentía ansioso de saber con más detalle acerca de su viaje ; cuando vino a buscarme, le pedí el favor de llevarme a la marina, me pregunto ¿cual?, y le indique la más cercana, al llegar a la marina le causó gracia y le sorprendió el hecho que yo tuviera llave para entrar, se reía y me preguntaba porque yo tenía acceso, supuestamente esa era la mejor marinas en la Isla, pero se me hacía muy complicado explicar el porqué de mi llave, fuimos directamente al restaurante, nos sentamos y con la mirada busqué a Pepe, el cual estaba como siempre detrás de la barra hablando como papagayo con todos los que estaban sentados alrededor de la barra, fui hacia él, lo salude y le dio mucho gusto verme, ...Chaval, te ves bien, ¡que ha sido de tu vida!, ... Bien, bien, mi amigo por aquí y como de costumbre, vine a molestarte con un favor,....... Dime, ¿que necesitas? .... Cuando tengas un momento libre acércate a esa mesa, yo estaré ahí con la chica, necesito que me traduzcas algo. Treinta minutos después llegó Pepe carismático como siempre, saludo a Shannon y me dijo ...Ok, muchacho dime ¿que traduzco? .... Pregúntale ¿de qué se trata el viaje a Miami, el cual ella mencionó ayer en la cena con su familia?, …. ¿Cenaste con su familia? …Si Pepe, pero ¡pregúntale por favor! …Está bien, está bien, ¡pero me tienes que contar! …… sapo ….¿que?.....nada.. Dice ella, que aproximadamente en un mes y medio más viajará a Miami, porque va a empezar sus estudios de enfermería, y que regresará a la Isla cuando termine su primer semestre, el cual todavía no está muy claro cuándo será ………. Pepe, dile que yo también quiero viajar a Miami, pero legalmente no puedo, pregúntale si sabe de algún contacto para que yo pueda viajar, he escuchado rumores acerca de la Isla Bimini, ¿que sabe ella al respecto?.......pero por Dios ¿todavía sigues con eso?...... Si Pepe sigo con lo mismo, ¡pregúntele! …….. Dice que si hay modo de viajar a Bimini pero es muy peligroso… Pepe, por la cresta, dile que lo peligroso es lo de menos, pregúntale si me puede poner en contacto con quien sea que conozca para llevar a cabo la movida …….. ¿pero chaval estás seguro? ….. ¡Pepe! …… ya se, ya se, ya se, que le pregunte ……….. No está muy de acuerdo pero lo intentara, dice que le des tiempo …… Pepe, dile que obviamente tiene que ser antes de que ella se vaya a Miami …….. Chaval, ella quiere saber porque tienes llaves, de la marina y cual es tu verdadera historia, cómo llegaste a Bahamas y porque trabajas en el hotel ………….. ¡Muchacho trabajas en un hotel! …… Si, pero no por siempre, eso es temporal, mi destino es Estados Unidos …………. Ella quiere saber cómo conociste a la Señora Johnson, porque esa señora también es amiga de su mamá y de su familia ……….. Dile que es complicado contar toda la historia, ella ya sabe quien soy y que busco, cuales son mis planes y a donde quiero llegar, si me quiere dar una mano se lo agradeceré mucho ………. Dice que está bien, te ayudará en lo que más pueda, pero que Bimini es peligroso ….. Gracias Pepe por traducir, como siempre tu tan amable ……… no te preocupes amigo ya sabes donde encontrarme ……. ¿trabajas en un hotel?, pero si ni siquiera hablas inglés, no conoces a nadie, ¡no tenías ni en donde dormir! …… ¿Quién es la señora Johnson? ….. ¿porque cenas con la familia de ella?......para que veas Pepito, Dios es bueno,

¡todo el tiempo!.......... En hora buena Chileno, en hora buena, ¡cuídate y que te vaya bien! ....Por último, salúdame a Thom si lo miras, dale las gracias de mi parte nuevamente.. Si, si, que curioso hace unos días estuvo por aquí y se acordó de ti, le contaré lo que has hecho … ja ja ja ja, ¿trabajas en un hotel? ……. Chao, chao Pepe, gracias por todo.

Siguieron pasando los días, y con ellos fue creciendo en mí la confianza de saber que las cosas se estaban dando lentamente, pero había luz al final del camino, mas no por eso deje de buscar otras opciones, también escuche hablar de los barcos turistas que llegaban a la Isla provenientes de Miami, busque la manera de llegar al puerto y ahí me estuve por horas y horas viendo la llegada de los barcos, así como su partida, cada vez que atracaba uno de esos inmensos cruceros bajaban un montón de personas con sus cámaras fotográficas, gafas de sol y sus vestimentas veraniegas, todos muy contentos y entusiastas, caminaban por la bahía visitando las tiendas artesanales, los puestos de comida y comprando recuerdos de la Isla, tomándose fotos en todos los rincones y con todo tipo de poses. Tan solo una vez tuve la oportunidad de hablar con uno de los tripulantes de un barco, el cual se comporto muy a la defensiva a la hora de contestar mis preguntas, en ningún momento le pedí ayuda, pero en cada respuesta me dio a entender que no me la daría, para mi el hecho de ver esos inmensos barcos, y la manera en que todos se movilizaban, significaba una oportunidad de poder embarcarse clandestinamente y después bajarme en puerto americano, era una opción, una idea, una posibilidad de concretar un plan, pero el tripulante se mostró evasivo, temeroso y egoísta, me ofreció comida, pensó que yo andaba con hambre, pero no le acepte el ofrecimiento, era otro el tipo de ayuda que yo andaba buscando. Un buen día estoy trabajando en la cocina, y entró Shannon muy animadamente a decirme que en el restaurante había varios tipos en una mesa, comiendo y hablando en Español, me tomó del brazo me llevó al comedor y apunto hacia donde estaban los hombres, me saque el delantal y me acerqué a ellos, los salude y efectivamente me contestaron en español, y lo primero fue preguntarme qué hacía yo ahí, les dije que trabajaba en el hotel y que no había visto gente latina en el establecimiento anteriormente, ellos me ofrecieron asiento y sugirieron que los acompañara, pero les dije que no sería posible pues yo estaba en horas de trabajo, pero les deje saber que si estaba interesado en platicar con ellos, me preguntaron a qué hora terminaba mi turno y les conteste que a las siete de la noche,....... Nosotros ya nos vamos pero regresaremos a cenar, nos hospedamos aquí esta noche, si deseas nos puedes acompañar más tarde,........ Me parece bien, nos vemos más tarde.... La oportunidad de estar con ellos y recopilar información no la iba a perder por nada ni nadie, algo en mi decía que obtendría buenos resultados si asistía a dicha reunió; trabaje contento y con más ánimo durante toda la tarde, estaba esperanzado y a la vez ansioso de reunirme con aquellos tipos y de saber que podrían cooperar para mi viaje y destino final. Salí media hora antes y así tener tiempo de tomar una ducha, no donde vivía, me duché en el mismo hotel, a esas alturas ya me movía con soltura y confianza en el establecimiento, ahí pasaba de catorce a dieciocho horas diarias, tiempo suficiente para conocer cada rincón y cada escondite del hotel, yo sabía en donde estaba Don Emilio a ciertas horas del día, a que hora comía y cuál era el plato favorito que Santos le preparaba dos veces por semana, a qué hora y en donde dormía la siesta, si Don Emilio me buscaba por algún motivo, era yo quien lo encontraba a él, no él a mi. Mr. Pino no tenía horario ni días fijos para llegar al hotel, aparecía como espanto en la noche y todos se asustaban y alborotaban al verlo entrar, un tipo bien vestido que tan solo se estaba una o máximo dos horas mirando y haciendo observaciones, siempre bien peinado, de poco hablar y siempre serio, no lo hacía reír ni el mejor payaso del circo. Celio el cocinero, cumplía con aparecer en la cocina por las tardes, hacer su trabajo y reclamar por todo, era buen cocinero pero lo hacía más por obligación, compromiso y por cumplir con su deber, nunca mostraba pasión al preparar los platillos, cocinaba rico, pero no sabroso. Santos el chef, cocinaba con amor a los sabores, con pasión a la cocina, siempre probando todo lo que preparaba, él actuaba, se movía, caminaba, se expresaba, y hasta respiraba como Chef, sus palabras mágicas eran : ¡Mangia Molto Mangia!, la Señora Johnson, siempre a tiempo y cumpliendo con su trabajo, no hacia mas, no hacia menos de lo requerido, siempre amable y con una sonrisa para todos, no se quedaba en la cocina ni un minuto más de lo que correspondía, su vida no estaba en el hotel menos en la cocina, su interés estaba en su hijo, su casa y por sobre todo en su jardín, el cual mantenía lleno de flores, plantas y adornos. Una vez listo, peinado, limpio y perfumado, espere que los tipos aparecieran en el restaurante, después de buen rato llegaron, se ubicaron en una mesa y me acerque a ellos, los cuales me saludaron y me invitaron a compartir con ellos, ordenaron algo para beber, luego para comer, pero yo no ordené nada, aunque insistieron para que lo hiciera, pero yo había comido bien y en abundancia, Celio me estaba mal acostumbrando, a diario me preparaba un platillo y me hacía comer diez o quince minutos antes de terminar mi turno. Entre todos los que estaban en la mesa, había uno de ellos que notablemente era el cabecilla del grupo, en total eran seis, incluyendo al tipo que se mostraba como líder del grupo, el cual se dio a conocer como Cantor, nunca supe si era su nombre de pila, su apellido o tan solo un sobrenombre, pero todos ellos lo llamaban de igual modo, el era un tipo trigueño de mediana estatura, poco pelo y de medio afeitar, con una camisa manga corta, shorts y sandalias, también entre ellos había un tipo de raza negra, pelo corto, ojos saltones, de bigote y barbilla, el cual era Haitiano pero hablaba español, no muy claramente pero lo intentaba y se entendía, los otros cuatro eran de un aspecto común, nada especial que sobresaltar. Lo primero que llegó a la mesa fueron las cervezas y luego mas cerveza, al rato sirvieron la comida y mientras tanto ellos comían y bebían, le pregunte a Cantor si conocía algún dato o conexión para llegar a Miami vía Bimini, a lo cual me contestó que sí, y es más, él sabía exactamente lo que se tenía que hacer, me dijo que desde Bahamas salían embarcaciones de transporte con destino a Bimini, llevando frutas y todo tipo de comercio, salían de un puerto no muy lejos del hotel, le pregunté si era por donde llegaban los barcos turistas, y me respondió que por ahí cerca, mas no en ese muelle, los demás en la mesa opinaban y daban referencias de donde estaba ese muelle en particular, después Cantor mencionó que una vez llegando a Bimini, había que ubicar e ir a la casa de una Señora Haitiana de nombre Sanny, quien tenía el negocio de enviar gente a Miami, y lo hacía por medio de lanchas que venían desde tal puerto en Estados Unidos, los demás en la mesa afirmaban todo lo que Cantor decía incluyendo al Haitiano, lo único que se necesita es dinero, todo se arregla con dinero, le pregunté un aproximado del costo, y dijo que todo variaba según el tiempo de estadía en Bimini, Sanny cobraba por todo el tiempo de estadía en su casa esperando por cruzar a Estados Unidos, y aparte se le pagaba a los lancheros que te llevarían a puerto norteamericano, osea a Miami. Entre ellos hablaban de ciertos lancheros que eran carísimos y otros que no tanto, todo depende de la cantidad de personas que transportaban en un viaje.

La comida no duró mucho tiempo en la mesa, pero las cervezas seguían llegando, todo el tema de ir a Bimini y el transporte, lancha, dinero, contactos, la señora, y todo lo demás se conversaba por ratos, ellos hablaban de muchas otras cosas las cuales no tenían un interés alguno para mí, logré recopilar bastante información, aunque nada en concreto, ellos nunca se dirigieron a mí para decirme exactamente qué hacer, cuando hacerlo y con quien contactarme, todo lo comentaban entre ellos nunca hubo un arreglo ni nada que comprometiera a alguien presente, de un momento a otro se prepararon para irse, y cuando ya estaban de salida me acerque a Cantor y le pregunté si podíamos concretar algo, un nombre, un lugar, una fecha, un precio para poder viajar lo antes posible, ya con varias cervezas ingeridas y hablando entrecortado, me dijo que al día siguiente ellos regresarían a comer y que nos podíamos juntar nuevamente. Yo estaba más que satisfecho con su respuesta y con todo lo que había escuchado durante la cena, por primera vez en un largo tiempo tenía algo más sólido con respecto a información, la esperanza y la ilusión de llevar pronto esos datos a la práctica, difícilmente me dejaron conciliar el sueño esa noche, todo marchaba bien en el hotel, el sistema de trabajo a pesar de estar comprometido a largas y duras jornadas, no me afectaba en lo más mínimo, la relación que mantenía con todas la personas a mi alrededor era muy buena, además estaba ganando y juntando dinero, pero yo no me encontraba en Bahamas buscando un sistema de vida ni mucho menos un porvenir, tan solo estaba de paso y ese día, tarde y noche vi mi paso por la isla más ligero que nunca.

Al día siguiente comencé mi jornada físicamente comprometido con mi rutina diaria y con mis deberes de hazlo todo, pero mentalmente estaba en otra sintonía me sentía acelerado, ansioso y hasta un poco nervioso, esperando aquel momento del día en que me juntaría con estas personas nuevamente y concretar algo en serio de una vez y por todas, llegó el mediodía y pensé que vendrían a servirse almuerzo, pero no fue así, le pedí a un mesero que me había visto con ellos el día anterior que si los miraba me buscara, pero llegó la tarde y nada de ellos, entonces a Shannon se le ocurrió ir a recepción y ver si aún estaban registrados en el hotel, la mujer que estaba tras el mostrador de recepción dijo que ellos habían entregado las habitaciones temprano por la mañana. Me quedé sin palabras, me costó reaccionar, me quedé pasmado, me mantuve un rato pensando y meditando, ordenando mis pensamientos los cuales estaban alborotados.............. Y ahora ¿qué hago?.

Estuve durante el resto de la jornada trabajando desanimado, no podía creer que estas personas se habían marchado sin decir nada, aunque no tenían la obligación de hacerlo, en realidad la molestia era, el no haber logrado hacer ningún arreglo para poder salir de

Bahamas, me sentía estancado en la isla, a pesar de haber logrado bastante hasta ese momento ; pasaron los días y una tarde Shannon se acercó a mí para pedirme que fuéramos a la marina y hablar con mi amigo Pepe, tenía cierta información para darme y quería estar segura que yo entendiera todo perfectamente, así lo hicimos, lo que ella quería decirme era que en una semana más emprendería viaje a Miami, era tiempo de comenzar sus estudios, dejó anotado en un papel la dirección en donde estaría viviendo, un número de teléfono el nombre y la dirección de la escuela donde haría sus estudios, lo importante era que si yo llegaba a Miami algún día, la contactara y si me podía ayudar en algo, pues…lo haría. Llegó la fecha de su partida y ella se marchó a Miami y todo quedó tal y como lo hablamos por última vez. Los días y las semanas seguían pasando y el desespero por salir de la isla ya me resultaba incómodo, todo lo que pensaba era relacionado con marcharme pronto de Bahamas. Un buen día camino al trabajo temprano por la mañana, me encontraba caminando con bastante prisa porque estaba justo en el tiempo yo diría que hasta un poco atrasado, entonces se me ocurrió tomar un atajo el cual Tommy me había enseñado anteriormente, el cual me recomendó con mucho énfasis no usarlo con frecuencia, porque era un área un poco peligrosa, con Tommy fue la primera y única vez que yo había transitado por ese lugar y debido a las recomendaciones que él me había dado, siempre esquive el paso por dicha área, pero ese día me vi obligado a pasar por aquel atajo ya que me ahorraría un buen trecho de camino y además estaba atrasado, pase por entremedio de unas cercas de malla que estaban semi abiertas y que permiten el acceso y así acortar camino, traspasando la reja estaba cuando me salieron al encuentro tres tipos muy mal agestados, que me gritaban un montón de insultos y me pedían dinero, obviamente ellos tenían todas las intenciones de asaltarme, pero yo trate de ignorarlos y seguir mi camino, rápidamente uno de ellos se interpuso en mi camino parándose en frente mío y exigiendo dinero, al ver que los otros dos se estaban acercando mi instinto fue recargarme en la cerca, y así evitar que alguno de ellos me atacara por la espalda, los tres gritaban al mismo tiempo demandando dinero, yo tan solo decía ¡No! ¡No!, el primer tipo que se había puesto enfrente de mi, sacó una navaja y me decía un sin fin de maldiciones, enojado e histérico, uno de ellos intentó agarrarme por el brazo pero rápidamente me solté y lance un golpe, el tipo con la navaja trato de cortarme, pero mi reacción fue certera y evadí la puñalada, lo intento nuevamente pero sin éxito, uno de ellos se mantenía al margen de todo y miraba para un lado y para otro, vigilando que no viniera alguien, recibí un golpe duro en la cara el cual me hizo tambalear y ver estrellas, pero afortunadamente no me votó, respondí con golpes y patadas de las cuales algunas llegaron a destino y otras no, yo tan solo pensaba en la navaja, mi mayor atención estaba en la mano del tipo y el cuchillo, era de madrugada serían como las cuatro y cincuenta y cinco de la mañana y no se veía muy claro, luchaba por mantenerme en pie, no quería que me tumbaran, si me tiraban a piso estaría perdido, me harían echo pedazos a patadas, estábamos en plena gritadera y pelea cuando se escucha un grito que decía ¡Stop!, ¡Stop!, de la nada un tipo se acercó y los asaltantes al verlo se detuvieron y lo escucharon, rápidamente y entre ojo lo mire y lo reconocí, era un mesero que trabajaba en el hotel, su nombre era Troy, con él nos saludábamos todo el tiempo, el era uno de los que había estado conmigo la noche que me llevaron al festival de música en la playa, toda la acción y pelea se detuvo, yo estaba con la adrenalina a mil, respirando aceleradamente y revisando los brazos por si estaba cortado o herido, sentía el rostro caliente por causa del golpe recibido, pero no estaba ni herido ni cortado, ellos seguían hablando y el mesero obviamente les dijo que me conocía, pasaron dos o tres minutos y ellos emprendieron su retirada, refunfuñando entre dientes y mirándome con enojo como diciendo, esta vez te salvaste, pero a la próxima …veremos…, Troy, el mesero, se acerco a mi y me dio un abrazo, me preguntó si estaba bien, o si estaba herido, me daba disculpas como si él hubiese sido responsable del atraco, empezamos a caminar al hotel y en lo único que pensaba era en que iba a llegar tarde a mi trabajo y se me acumularían los que haceres. Llegamos al hotel y fui directamente al baño para limpiarme y prepararme para la jornada, el golpe me hinchó un poco la cara, la sangre provenía de la nariz y no de algún corte. Cuando entre al restaurante, estaba Troy mas otros dos meseros limpiando la barra por mi, me vio y me hizo señas para que me ocupara de barrer y mapear el piso, ellos se encargarían del resto, el golpe en mi cara era más que notorio y todos me preguntaban que me había pasado, pero yo no tenía el ánimo para estar dando explicaciones, se me hacia mas fácil decirles que hablaran con Troy, el cual relataba todo lo ocurrido una y otra vez, con mucho entusiasmo y en colores. Después de haber transcurrido una semana de lo sucedido, Troy y yo concordamos en un periodo de descanso, el me pregunto cómo me sentía después del asalto y como estaba el trabajo para mi, mas bien estaba buscando conversación, lo cual me pareció bien Troy era un tipo agradable, buena gente y de repente se me ocurrió preguntarle si sabía algo acerca de unas embarcaciones de transporte que salían de Bahamas a Bimini, y me contestó que sí, que un amigo de él trabajaba en una lancha de esas, y que también llevaban gente de vez en cuando, pero que era un poco arriesgado ir para allá, por lo visto Troy conocía mucha gente. Sin vacilar le pedí que me contactara con su amigo y así poder arreglar un viaje. Nuevamente el entusiasmo y las esperanzas tocaron mi puerta, pasaron tres días y Troy me tenia una razón, la próxima embarcación con destino a Isla Bimini, zarparía desde Bahamas en los próximos dos días, su amigo estaba dispuesto a darme un cupo por la suma de ciento cincuenta dólares. Le dije que estaba de acuerdo y por lo consiguiente quedó en darme la ubicación del muelle, la hora y el nombre de su amigo. ahora estaba ansioso y contento, a pesar que varias personas me habían dicho lo peligroso del viaje, eso no me preocupaba en lo absoluto y la verdad no sabia porque, más bien pensaba en que haría una vez llegando a Bimini, empecé a entretejer en mi mente el plan de buscar por la señora que el dicho Cantor había mencionado tiempo atrás en el restaurante, una tal

Sanny, una vez ubicada esta mujer el resto sería negociar un viaje a Miami, el dilema era como buscar a esa mujer sin saber cómo lucía ni en donde vivía era una Isla en la que jamás había estado antes y sin conocer absolutamente a nadie, en ocasiones era mejor planificar paso a paso o de día en día, porque si miraba más a futuro, las cosas se veían demasiado complicadas. Al día siguiente Troy ya tenía la información y dijo que me acompañaría al muelle para presentarme a su amigo, la embarcación saldría del puerto a la diez de la mañana. Después de todos esos meses por fin tenía algo concreto, solido y verdadero para seguir mi viaje, siempre dije que estaba de paso y eso me motivaba, hable con la Señora Johnson, ella no estaba de acuerdo con que me fuera, para ella estaba bien que viviera en su casa, que compartiera con su hijo, que compartiéramos una cena todos juntos de vez en cuando, que trabajara en el hotel, pero en el fondo ella sabia que algún día partiría buscando mi destino. En el hotel me despedí de Don Emilio quien sorpresivamente lo tomó muy seria y emotivamente, me deseo lo mejor y me dijo que le daba mucha tristeza el verme partir, también me aseguro que siempre tendría trabajo en el hotel si por algún día regresaba a Bahamas. Antes que Santos terminara su turno fui a despedirme de él, me dio un abrazo muy fuerte y me deseo lo mejor, una vez más me dijo que estaba loco por irme de Bahamas, en horas de la tarde me despedí de Celio agradeciendo todas las cenas que me brindó, asegurándose que nunca terminara mi turno sin comer, les dije adiós a las mujeres que trabajaban con él, las cuales se portaron súper chéveres conmigo y que alegraban la jornada con sus bromas, siempre alegres, joviales, amables y simpáticas, en reiteradas ocasiones me llevaron a pasear por la isla junto a otras compañeras y muchachos del hotel, conocí a muchas personas en el trabajo y todos me trataron muy bien, de todo el personal fui el único latino trabajando en el edificio y el único que se desempeñaba en casi todas las tareas del hotel y creo que eso marcó la diferencia. Nos quedamos de juntar con troy a las nueve de la mañana detrás del hotel por donde se bota la basura y de ahí nos iríamos al muelle.

Cuando termine mi jornada de trabajo me dirigí hacia la marina quería ver si podía despedirme de Pepe y tratar de ubicar a Tom al cual no veía desde el ultimo día que estuve en el yate, afortunadamente encontré a Pepe, le agradecí por todas las traducciones que hizo por mi y al despedirme le pregunté por Tom, en estos momentos anda navegando me dijo Pepe, el dueño del yate y su familia nunca salen al mar sin Tom, ... por favor dile que estaré por siempre agradecido quizás para él no significó mucho darle la mano a un muchacho que no tenía donde pasar la noche, pero para mi eso fue el incentivo para ver que si se podía conseguir el llegar a la meta, tal y como te dije el primer día en que nos conocimos mi querido Pepe, yo estoy de paso por Bahamas mañana me voy y por lo tanto, Adiós mi amigo y gracias por todo .... Vale chaval, hasta que saliste con la tuya, te confieso que no pensé en que lograses lo que tanto hablabas, escucho constantemente a tantas personas con planes y sueños como los tuyos, pero que nunca hacen lo suficiente o nada por lograrlos, en hora buena Chileno me alegro por ti aunque no dejaré de preocuparme lo que harás es peligroso, pero espero todo salga con bien..... Adiós Pepe y una vez más gracias por todo. Hoy en día pienso en los momentos vividos en aquella Isla, trato de recordar los rostros de todos y cada uno de los que se cruzaron en mi camino pero hay algunos de los cuales tan solo tengo una vaga imagen, mas no son menos importantes que aquellos de los que si memorice sus rostros, su personalidad y hasta cómo vestían cuando los conocí. Llego el día me levante temprano, la noche anterior sabía que de todas maneras no dormiría, mentalmente me puse en todo tipo de situaciones pero nunca me imagine ni por un minuto lo que realmente sucedería, una vez en pie, puse en una bolsa plástica, un par de calzoncillos, una camiseta, calcetines, pasta de dientes, cepillo, la biblia, y mis documentos, la maleta y todo lo que cargaba en ella la deje en casa de la Señora Johnson, incluyendo la corbata que mi mama me obligo a usar para ir al consulado Panameño y al aeropuerto. Al salir de casa tome camino hacia donde Tommy y Traves, estaban durmiendo cuando llegué, no podía irme sin despedirme de ellos, nos abrazamos emotivamente y nos dijimos adiós, ellos fueron simplemente ángeles que Dios puso en mi camino para ayudarme a dar el siguiente paso, en su escasez me dieron abundancia en su pobreza me hicieron rico y en su inmadurez me regalaron sabiduría. Faltando todavía para las nueve de la mañana yo estaba sentado en el muro de piedra esperando a troy, quien llegó un poco tarde pero no en demasía. Yo no sé si Troy me ayudaba tan solo porque le nacía hacerlo o porque se sentía comprometido por el asalto que perpetraron sus amigos, hubo una vez en que una mesera, me dijo que uno de los asaltantes era hermano de troy, o al menos eso fue lo que yo entendí, quizás troy me quería lejos de la Isla antes de que me enterara que su hermano fue quien me asaltó y yo hiciera algo para perjudicarlo, la verdad no lo se, pero Troy termino haciendo por mi, lo que yo tanto quería realizar, viajar a la Isla de Bimini. Como dice aquel viejo dicho, " no hay mal, que por bien no venga". Una vez en el muelle, nos acercamos a una embarcación grande, llena de carga, eran unos bultos enormes tapados con unas lonas y asegurados con cuerdas de lado a lado, por donde miraba había carga, la tripulación era de seis personas, me dio la impresión que entre ellos estaban en una competencia para ver quien lograba causar más miedo, eran de un aspecto temible con cara de pocos amigos, pero nada se podía hacer al respecto, yo no iba de crucero mucho menos de turismo, ni a buscar nuevas amistades, Troy me presentó a su amigo el cual para mi era el que más temor causaba, definitivamente el campeón de la competencia, el tipo era alto de unos seis pies, gordo, tosco, vestía una camiseta de mangas mal cortadas pantalón corto y zapatillas, en todo momento sostuvo un cigarrillo en la boca, era más feo que murciélago haciendo muecas, pero las apariencias engañan resultó ser buena gente el hombre, le page el dinero acordado por el pasaje y me señaló una esquina en donde me podía sentar, y por lo que observe estaban listos para a zarpar de inmediato, Troy se despidió muy cordialmente, me deseó buena suerte y se fue, mientras tanto los tipos se comunicaban con gritos y señas, desamarraron cuerdas y nos empezamos alegar de Bahamas, poco a poco fui viendo la Isla y su costa, por un lado de la lancha se lograba divisar el puerto principal, donde habían dos barcos de turismo atracados y la gente caminando por la costanera, al costado opuesto se miraba la playa, recordaba la vez que tuve la oportunidad de estar en una de esas pequeñas playas casi privadas en donde el agua tenía un color verde claro y todo era transparente, se veía toda la belleza que había bajo el mar, algo hermoso de ver y experimentar, por meses había estado viviendo en un ambiente de mar, playa, marina y yates, lo cual no me incomodaba para nada, el mar no era algo ajeno a mi vida, por lo contrario se me hacia muy normal y placentero todo ese ambiente de barcos, lanchas y aire salino. Gran parte de mi familia fue nacida y criada en la ciudad de Valparaíso, viviendo en un barrio privilegiado, dotado de una hermosa vista al mar y al puerto, cada vez que visitaba a mi abuela y a mis tías, tan solo tenía que pararme en frente de la ventana de sus casas y mis ojos veían el hermoso panorama del puerto de Valparaíso y a sus pies el majestuoso océano pacífico. En época de verano y de vacaciones escolares acostumbraba ir a Valparaíso a pasar unos días con la familia, con mi tía Gladys hermana menor de mi madre a quien me encantaba hacerle bromas y molestar, ella tiene un lugar especial en mis recuerdos y en mi corazón, ella era quien me acompañaba a la escuela cada vez que me suspendían por mala conducta y nunca me delato con mi madre ..... Esa si es una verdadera tía!, muchas veces dormí en su casa la cual sentía como la mía, mis primas y primos me hacían sentir bienvenido, disfrutando hermosos e inolvidables momentos. Tan solo tenía que caminar unas cuantas casas más allá y tenía la oportunidad convivir con mi tía Elena, quien era hermana mayor de mi madre, ella era una persona muy especial e inteligente, enfermera de profesión y un hermoso ser humano en toda la extensión de la palabra, ella fue quien todas las noches por el transcurso de dos semanas curó las heridas en mi piel, producto de la mala reacción al cambio de clima que tuvo mi cuerpo cuando nos mudamos de Punta Arenas mi ciudad natal a

Valparaíso, siendo Punta Arenas la ciudad más austral del país, con un clima frío en gran parte de año, tomo bastante tiempo para que mi piel sanará y para que yo me acostumbrara a esa clase de temperaturas más cálidas de Valparaíso. también y de vez en cuando, tenía la oportunidad de convivir con mi tío Enrique, hermano de mi madre, a quien admiraba por el hecho de haber sido boxeador en sus tiempos moros, y por supuesto pasaba la mayor parte del tiempo en casa de mi abuela más conocida como mamita Marina, quien siempre tenía un motivo para regañar a cualquiera de sus nietos, mi abuela era la dueña de una bolsa milagrosa y mágica, cargaba de todo en aquella bolsa y nunca sacaba nada de lo que tenía para buscar algo dentro de ella, tan solo introducía su mano hasta la altura del codo y sin ver, tan solo con tantear, encontraba exactamente lo que se necesitaba para cubrir el apuro, en algún momento de nuestras vidas todos fuimos beneficiados con el contenido de dicha bolsa.

Sumergido en mis pensamientos pasados y presentes, fue desapareciendo la Isla de Bahamas, los seis tripulantes estaban en cubierta, uno de ellos sacó una botella de licor y comenzaron a beber, me ofrecieron una copa pero no acepte, luego se pusieron a platicar y el tono de voz subía cada vez más, se pusieron escandalosos, bulliciosos y me sentí incómodo, trataban de entablar conversación conmigo pero yo no les comprendía mucho y la verdad era que yo no tenía intenciones de compartir con ellos, por lo tanto tomé la decisión de ir la parte superior de la embarcación, me pareció agradable estar ahí arriba sin personas a mi alrededor, me dio la impresión de estar sobre una terraza, había un barandal de hierro viejo y descascarado que hacía juego con todo el resto del barco, el cual se encontraba en la misma condición. Saqué un cigarrillo, lo prendí y me apoye en el barandal mirando hacia el frente, corría una brisa fresca, el sol estaba presente mas sin embargo no hacía calor, con la vista fija al horizonte nuevamente los pensamientos me llevaban de un lugar a otro, el pasado me reunía con mi madre y mis seres queridos, con la noviecita que tanto me había costado conquistar en época de escuela, ella había quedado ilusionada al igual que yo, en que algún día compartiríamos nuestras vidas juntos y para siempre, el futuro estaba prometedor y desafiante así como también incierto y lleno de incógnitas, sin saber con certeza qué tipo de vida me esperaba al llegar a Estados unidos, y el presente que cada día me despertaba puntualmente con un desafío diferente, mi cigarrillo se consumió y mi vista seguía fija en el horizonte, cuando de repente, veo a lo lejos que el cielo cambiaba de color celeste a un gris oscuro, pero también visualizaba algo así como una enorme cortina que cruzaba el horizonte de extremo a extremo, con un movimiento constante, sinceramente no lograba comprender si lo que estaba viendo a la distancia, era real o era un espejismo, pero a medida que avanzábamos, la cortina se hacia mas real, hasta que nos acercamos lo suficiente para ver que si era una cortina, pero de lluvia, la cual separaba el paisaje en dos, de un lado estábamos nosotros con un clima soleado y del otro una tormenta de lluvia, poco a poco las gotas empezaron a mojar la superficie del barco pero con fuerza, el ruido que provocaba la lluvia tupida cayendo sobre todo lo que había en cubierta era enorme casi ensordecedor, fuimos traspasando la cortina y en cosa de segundos estábamos bajo un aguacero, el cielo gris casi negro y un viento fuerte que movía las lonas que cubrían la mayor parte de lo que se transportaba, del otro lado aún se apreciaba el sol, como cuando se mira a través de una ventana mojada. Han pasado muchos años desde esa vez y hasta el día de hoy, jamás he vuelto a ver tal fenómeno, me quede en el mismo lugar, pasmado de lo que había experimentado, no busque refugio, deje que la lluvia me mojase, la paz que me embargó en ese momento al sentir la lluvia sobre mi, es la misma que busco hoy en día, cada vez que llueve. Fue algo de tan solo un momento, un corto episodio, luego se despejó y la lluvia quedó atrás, baje para ver cómo estaban los demás y todo se veía normal, creo que para ellos tan solo fue una vez más y parte de una rutina, para mi fue inolvidablemente la primera pero desafortunadamente la última. Aproveche que estaba abajo y fui a ver al amigo de Troy para preguntarle cuánto faltaba para llegar a Bimini, pero antes de preguntar me señalo a lo lejos y se lograba ver una pequeña Isla, me dio escalofríos y a la vez me sentí contento al saber que estábamos a un poco más de media hora para llegar a puerto, no sabía con certeza que me esperaba una vez estando ahí, pero tan solo el llegar ya era ganancia. Me despedí de todos en el barco y desembarque, había dejado de llover pero el suelo aún estaba mojado, empecé a caminar hacia unas casas que se miraban a lo lejos, el muelle no se veía muy activo no mire a nadie esperando la mercancía que transportaba el barco ni tampoco a nadie que ayudara a desembarcar, eso me pareció sospechoso, pero no era algo que pudiera perjudicar mis planes, llegando a las casas vi un camino desolado una que otra persona caminando, todo lo contrario a Bahamas, no había comercio, turistas, ni vendedores, continúe caminando hasta salir del muelle, llegando a la esquina vi un poco más de gente y ciertas tiendas, pase por el frente de un restaurante, me asome y tenía más aspecto de bar de baja categoría más que otra cosa, pero las ganas de entrar al baño me tenia los pensamientos cruzados, entre y pregunte si podía ocupar el servicio, cosa que no se me hizo tan difícil, el tiempo que estuve trabajando en el hotel de Bahamas me sirvió para aprender una que otra palabra en inglés y también algunas frases para salir del paso, los compañeros de trabajo se empeñaban en enseñarme palabras todo el tiempo, supongo que era divertido para ellos, porque cada vez que repetía lo que ellos me decían, soltaban tremendas carcajadas y me hacían repetir hasta que pronunciaba bien. cuando estaba pidiendo permiso para usar el baño, logré observar de reojo que dos tipos estaban caminando hacia el mismo lugar que me estaban señalando. Fui hacia el baño y una vez adentro lo primero que noto es que ambos tipos estaban hablando español, sin perder tiempo los salude muy amablemente a lo cual contestaron de igual manera, les pregunte si vivían en la isla y dijeron que no, tan solo andaban de paso, donde he escuchado eso antes dije yo, y como el que pregunta otorga, ellos también me preguntaron lo mismo, pero yo fui más directo, no perdí tiempo en rodeos y les dije...... La verdad es que llegué a la Isla hace poco y me encuentro un tanto desorientado y desubicado, ando buscando a una señora pero desafortunadamente no encuentro su casa, ... ¿Tienes la dirección?, ... Pues, por eso es que no encuentro la casa, tenía la dirección anotada en un papel, pero lo perdí, ... Y..... ¿cómo se llama la señora?, ... Ella se llama o le dicen Sanny, ...¿Sanny?, ... Si, Sanny, ...¿Sanny la Haitiana?, ... ¡Si!, ¡esa misma!, ... ¡Muchacho! nosotros la conocemos, estuvimos con ella ayer, ...¿En serio?, ...¡ha Pues!, ... ¿Vive lejos de aquí?, ... ¡No!, como a diez minutos, ... Y, ¿será que ustedes me pueden decir como llegar a su casa?, ... Claro que sí, pero dinos, ¿en qué negocios andas tú?, ...¿Negocios? ¡ninguno!, pero necesito llegar a su casa, ...¡Muchacho! ¿tu quieres cruzar?, ... ¿Cruzar?, ... Si, a Miami, ...¡Pues, si! .... A bueno, ¿y porqué no empiezas por ahí?, ven, vamos afuera para mostrarte cómo llegar a su casa, ... Esta bien gracias, pero primero .....primero déjeme usar el baño o voy a llegar todo orinado!, ... Esta bien chico, te esperamos afuera. Yo estaba anonadado de tanta coincidencia, y al mismo tiempo agradecido, rápidamente orine, me lave las manos y salí a buscarlos, temí que me pasara lo mismo que en Bahamas, en donde jamás volví a ver a los tipos que supuestamente me darían la dirección de Sanny.. Mira chico, caminas derecho por esta calle, hasta que veas a tu derecha una casa de dos pisos, de forma cuadrada, de color azul claro, tiene unas rejas negras y veras que dice departamento de policía, cuando llegues ahí, doblas a la izquierda, caminas cinco cuadras y doblas nuevamente a la izquierda, sigues caminando por tres cuadras más y doblas a la derecha, avanzas otro poco y pasas una, dos, tres casas y la cuarta es la de Sanny, ...¡No está tan lejos!, ... La casa de sanny tiene una cerca de madera en frente y la casa es de color amarillo, ...¿Amarillo?, ... Si chico, ¡Amarillo! .... Pues, quiero estar seguro, muchas gracias, me voy de una vez para allá, ...Nosotros te llevaríamos pero ya vamos de salida, ...¡No me digan que van para

Miami!, ...Pues, estábamos supuesto a irnos ayer, pero surgió un inconveniente y no se pudo, pero de todas maneras no podemos llevar a nadie, ... Yo me llamo Mauricio, un placer conocerlos y una vez más gracias, ... Está bien muchacho, yo me llamo Diego y él es mi compañero Darío, ... Pues ya me voy, que les vaya bien, ... Adiós amigo, y que a ti también te vaya bien, sobre todo en la cruzada. No podía pedir más, eso nunca me lo habría imaginado, así de coordinado resultó todo, en menos de cuarenta y cinco minutos de estar en Bimini, tenía la dirección de la señora Sanny. llegue a la Isla en el día indicado, a la hora precisa y me dieron ganas de orinar en el momento más adecuado. El plan era llegar a dicha casa diciendo que venía por recomendación de Cantor, al cual conocía con anterioridad desde que yo trabajaba en un hotel de Bahamas. Desde que me embarque para viajar a Bimini, venía tejiendo esa estrategia, pensaba que si me pillaban la mentira y no resultaba nada con la famosa Sanny, por lo menos estaría a tan solo a dos horas de mi meta, algo se me ocurriría o se me presentaría para llegar a Miami, colocando las cosas en la balanza, no tenía mucho para perder, pero mucho para ganar. Comencé a caminar en busca de la casa amarilla, siguiendo las indicaciones recibidas y llegue a lo que ciertamente era un cuartel de policía, concordaba con la reja negra y además vi un par de motos policiales estacionadas al costado, y tres camionetas pick up que también pertenecían al departamento policial, con un nudo en el estómago pase lo más rápido posible por el frente del retén y doble a la izquierda, avance contando las cuadras y cuando llegue a la quinta doble a la izquierda nuevamente, camine tres cuadras más, doble a la derecha buscando la casa amarilla, pero algo no me cuadraba, me devolví nuevamente buscando la estación de policía para empezar de nuevo y me di cuenta que en vez de doblar a la izquierda había doblado a la derecha, me pareció raro yo estaba seguro de haber doblado bien. Finalmente llegué a la dirección y ciertamente, si tenía un cercado de madera y la casa estaba pintada de amarillo, me detuve un momento y dude en tocar la puerta, que tal si mejor esperaba que alguien saliera de la casa y preguntar por Sanny, tenia un poco de miedo en saber hasta donde llegaría el buen día que estaba teniendo, el cercado de madera no tenía portón, y la distancia desde ahí a la puerta de entrada serían de unos diez pasos, para entrar había que caminar por una huella de tierra y un antejardín, que si lo miraba la Señora Johnson, le habría dado un par de ataques, tenía cuatro flores, dos de ellas marchitas y el resto era maleza y arbustos. Al fin me di de valor, entre y toque la puerta, me sentía ansioso las piernas se me agitaban y me sudaban la manos, se abrió la puerta y apareció una Señora morena de una estatura estándar, con su pelo rizado muy mal teñido de rubio y con una pañoleta roja en su cabeza, usaba un vestido bien colorido y muy parecido a los que vestía Doña Marta allá Panamá, de un solo corte y sujeto con dos tirantes en los hombros, unas chanclas polvorientas y con los labios pintados de un color rojo intenso provocando que su boca fuera lo que más resaltara de toda su persona. Me miró de pies a cabeza y me preguntó en español que quería y a quien buscaba, la salude muy amablemente, le dije mi nombre y le pregunté si ahí vivía una señora de nombre Sanny, ... Yo soy Sanny, ¿qué quieres?, ...Yo vengo de parte de Cantor, y necesito hablar con usted, ...¿De parte de Cantor?, ... Si, de Cantor,... Pasa, hablemos allá dentro, ... Permiso, ... ¿Cuando llegaste?, ... Hoy, hace como dos horas atrás, ...¿Quién te trajo?, ... Un amigo de un amigo, que tiene un barco, me trajo,.... ¿un barco?, ... una lancha, lancha, te creo, ¿Cantor te dio mi dirección?, ... Si, pero por casualidad me encontré con Darío y Diego, y me dijeron como llegar, ...¿Diego y Darío??, ... Si, Diego y Darío,........ ¡Pero ellos estaban supuestos a irse ayer!, ... Si, lo se, creo que algo se complicó y no se fueron, pero yo pienso que ya van en camino a Miami en estos momentos, ...¿Y tú los conoces?, ...Pues si, ...¿Cuando hablaste con cantor?, ...Hace unos días atrás en Bahamas, estuvimos comiendo juntos y me platico de usted, ... Yo no veo a Cantor hace ya ratos, él ha ido a Bahamas por negocios, pero aquí no ha vuelto, ... Pues, ese Cantor siempre ocupado, usted sabe cómo hace sus cosas, el me dijo que viniera a Bimini y que me contactara con usted para poder cruzar a Miami. En plena platica estábamos con la señora, cuando veo entrar a un tipo moreno de pelo corto y rizado, al cual reconocí al instante, ese tipo era el Haitiano que estaba sentado en la mesa del restaurante junto a Cantor en el hotel de Bahamas, ya sabia yo que esos ojos saltones los había visto antes, Sanny le hizo señas para que se acercara, el tipo me miró y se quedó pensativo, yo estaba seguro que toda la mentira con la cual me había presentado quedaría al descubierto, yo ya pensaba en buscar como pasar la noche en la Isla después que me echaran a patadas de esa casa por querer engañarlos. Sanny lo presentó como su esposo y le informó de inmediato de todo lo que yo había dicho, el hombre me miró una vez más y dijo, ...¡hey yo me acuerdo de ti!, tú estabas en Bahamas, en el hotel y comiste con nosotros, ...¡Claro que si!, ¡ese mismo soy yo!, este hombre miró a su esposa y le dijo que Cantor le había mencionado del cruce a Miami y que podía llegar a donde ella para que me ayudara, yo me quedé pasmado, el tipo no tan solo corroboro el cuento que estaba echando, si no que apoyó y me aseguro la estadía en su casa, Sanny me dijo que me podía quedar y que me podía ir en la siguiente lancha que partiera a Miami, al sentirme aliviado y tranquilo, le digo a Sanny, ... Ya ve usted, como es de chico el mundo, ¡hasta su esposo me conoce!.

El esposo de Sanny, estaba de salida, se despidió de ella y también se despidió cordialmente de mi, y me dio nuevamente la bienvenida, me dijo que había una demora con las lanchas que venían desde Miami, pero que todo saldría bien ; Muy dentro de mí sentía remordimiento por estar manipulando la información que poseía y utilizarla a mi favor, trataba de auto convencerme que lo que estaba haciendo era necesario para conseguir mis metas, tenía un propósito, estaba cargado de sueños, planes, anhelos y la derrota no era una opción, regresar a Chile derrotado era inconcebible, por lo tanto había que echar mano a todo lo que fuera necesario para seguir en el camino. La señora Sanny vivía con una hermana y el hijo de ésta, pero tan solo Sanny y su esposo hablaban español, me llevaron a la parte trasera de la casa en donde había un cuarto bien pequeño, más bien era un closet grande, en donde cupia exactamente un cochón y nada más, aquí dormirás me dijo Sanny, porque todo el resto de la casa está ocupado, tengo mucha gente en casa y nadie a podido cruzar, por el problema del mal tiempo, nadie a llegado desde Miami para llevar a las personas, Darío y Diego no podían llevar pasajeros, porque llevaban el otro cargamento, ...¡Tu sabes!, ...Me quede pensando, que habla esta señora, ¿que se yo de ese cargamento?, tan solo atine a decirle, ...¡Pues si!, usted sabe cómo son las cosas ; Me pregunto que hacia yo en Bahamas y de donde venia originalmente, me pregunto la edad y quien me esperaba en Miami, con tantas preguntas, pensé que era pariente del taxista Panameño o que tenía lazos con el retén de policía a la vuelta de la esquina. Le conteste una que otra cosa y sin caer en la mentira no le dije ni una verdad, en medio de la conversación, llegaron cuatro tipos a preguntar algo, aunque tan solo uno de ellos hablaba, Sanny nos llevo a todos a una sala ubicada al otro extremo de la casa, la habitación tenía dos sofás grandes y otro mediano, en los cuales se encontraban sentados tres hombres en uno, dos en el otro y en el de mediano tamaño habían otros dos, había un cuarto adyacente del cual salieron tres tipos, en total conté once, tan solo uno de ellos se comunicaba con Sanny, lo hacía en ingles y también con un poco de español, Sanny le explicaba que aun no tenia noticias de lancha proveniente desde Miami, y también le dijo que la comida llegaría en un rato más, Sanny me mira y volteando los ojos me dice, ... Te das cuenta, son once hombres que llevan una semana esperando para cruzar a Miami, estoy desesperada con todos ellos aquí, esto nunca había sucedido antes, la gente espera dos o tres días y se van, pero con esto del mal tiempo nadie a podido llegar para llevarlos, Darío y Diego estuvieron varios días aquí sin poder irse ; Yo le conteste, ...¡Pues si, usted sabe cómo son las cosas!, ¿qué más podía decir?, Menos mal que escuche mencionar a Sanny algo con respecto a comida, porque yo andaba con un hambre que me si me doblaba me partía en dos, venía mal acostumbrado con los almuerzos que me preparaba Santos y con las cenas que me cocinaba Celio, Sanny de pronto desapareció de la sala y ahí quede con los once tipos los cuales me miraban todos al mismo tiempo, uno de ellos se acercó, el que hablaba un poco de español, parecía ser el intérprete y vocero de los demás, su español era más precario que mi inglés, pero atarzanadamente logramos entablar una conversación me dijo, …¿Tú aquí, Isla hoy?, (¿Tu llegaste hoy a la Isla?). y así sucesivamente… Si llegue hoy….. ¿y ustedes que?, dice la Señora que están aquí hace una semana, …… ¡Pues si, esto no está bien!, supuestamente estaríamos aquí dos días solamente y nos cruzarían a Miami, ahora tenemos que gastar dinero en comida, ella no brinda nada, tenemos que gastar el poco dinero que cargamos y todavía hay que pagar aparte por el viaje a Miami, son setecientos dólares por cada uno, compramos poca comida y la compartimos entre todos, …… El tipo habló más que un secuestrado en rescate, se desahogo por completo, pero su historia no me conmovió lo suficiente como para no darme cuenta que la comida que venía en camino, no era para mi, y yo ni siquiera conocía o sabía de un supermercado cerca para darle una visita. Abrumado con todo lo que había escuchado, busque la puerta de entrada y me fui a fumar un cigarrillo, al rato salió Sanny a fumar conmigo y me pidió que para la próxima vez mejor saliera a fumar al patio de atrás el cual estaba cercado y nadie podía ver quien estaba en casa, me pareció lógico, yo pensé que había mas gente en su casa, que policías en el retén y se miraba sospechoso, aprovechando el momento, le pregunté a Sanny como estaba el asunto de la comida y me dijo,…….. Yo tengo una amiga que tiene un restaurante y ellos ordenan su comida ahí, yo llamo a mi amiga le doy la orden y después la voy a buscar o mando a mi sobrino a traerla,…….. ¿Y qué clase de comida vende su amiga?, ……Pues, arroz, pasta, sopas, carne y pescado, yo tengo un menú por si lo quieres ver, …….. Tráigalo de una, estoy viendo verde con puntitos rosados del hambre que cargo. Cuando llegó la comida de aquellos, toda la casa se impregnó a un buen aroma, se me abrió aun mas el apetito, había ordenado un plato de arroz con pescado frito y ensalada, el cual me supo pésimo, el plato se fue en puro aroma y nada de sabor, tomando en cuenta que vengo de un país en donde el pescado frito es exquisito y era prácticamente imposible no caer en la comparación, en casa de mi madre se comía un pescado frito, fresco, crujiente, untado en un batido hecho a perfección, acompañado de papas cocidas con mantequilla, en mi caso con bastante mantequilla y una buena ensalada de tomates con cilantro, ajo, sal, pimienta y aceite, no era una presa de pescado la que mi madre me servía, eran dos, tres y hasta cuatro de una sentada. Esa noche me comí un pescado frito, desabrido y frío, el pescado venía con la cola, cabeza y ojos saltones como los del esposo de doña Sunny, el arroz más bien parecía puré, una mazamorra mal hecha y desabrida, y la ensalada sin aliñar, mandaron unos sobrecitos con sal y pimienta, la cocinera no tenía sabor ni para hacer agua hervida. Pase la noche casi en vela, por ser la primera noche en esa casa, todo me parecía raro y sospechoso, había mucha gente para un espacio tan pequeño, algunos dormían en los sofás de la sala, otros en un cuarto, Sanny tenía su propio cuarto, la hermana dormía con su hijo en frente de la casa, que más bien era un solar, pero lo habían adaptado para ocuparlo como cuarto de dormir, y yo que por ser el último en llegar me tocó un closet, el cual mantuve toda la noche con la puerta entreabierta para que entrara un poco de aire. La roncadera de todos era una historia aparte, casi ensordecedora, parecía un concierto de motosierras.

Al día siguiente por la mañana, mi turno para entrar al baño fue como el número nueve, un solo baño y quince personas esperando para entrar, eran pasadas las doce del medio día y todavía estaban personas usando el baño, una odisea total, entre comentarios, señales, risitas y vagas conversaciones con la hermana de Sanny, logre que me llevara a la cocina en la cual nadie podía entrar, y me prepare un café, en aquella casa había más reglas que en un reformatorio, pero yo entendía que de no ser así, todos harían lo que se les diera en gana y daría paso a un desorden sin control. El día transcurrió sin mayor novedad, todos encerrados en la casa sin tener nada importante que hacer, era mi segundo día y ya me sentía un poco incómodo por el solo hecho de tener que esperar, los once Iraquíes llevaban una semana en la misma situación, cada vez que salía al patio a quemar un cigarrillo, me encontraba con alguno de ellos pero la comunicación aparte de algunas señas, era nula, tan solo hablaba con el vocero que aparte de quejarse por lo incomodo de la situación, no daba mucha información de como habían llegado a Bimini, ni cuál era su destino final al pisar tierras norteamericanas. Alcance los cinco días en la misma situación, el ambiente dentro de la casa se sentía pesado, presencié una discusión entre los Iraquíes los cuales casi llegan a darse de golpes por un malentendido que hubo entre dos de ellos, se enfadaron y se dividieron en dos grupos, los que dormían en la sala y los que estaban atrincherados en el cuarto. Sanny pasaba prácticamente todo el día fuera de casa, entraba y salía reiteradas veces, pero no estaba al pendiente de ninguno de nosotros, la rutina diaria hacía que todos los días en horas de la tarde, preguntara quién iba a comer, cuantos platos ordenarían y que clase de comida se pediría, lo cual era casi innecesario, todos los días se comía lo mismo, no por la exclusividad y lo sabroso del platillo, si no porque era lo más barato y comible que había en el menú. Con el paso de los días note un cambio en el sabor de la comida sin duda hubo cambio en el personal del restaurante, cambiaron a la mediocre y mala cocinera por otra peor, todo el tiempo pensé que la comida era desabrida, quejándome de la cocinera, no fue hasta que la cambiaron que aprecie su mejor mal sabor. Nueve días en la casa sin noticias de lancha, ni de nada, Sanny se desatendió de sus inquilinos, ella estaba en la misma situación de todos y peor, con doce personas desesperadas por cruzar a Miami y ocupando cada rincón de su casa, uno de esos días en que llegó para ordenar la cena, le pregunté qué estaba sucediendo y ella con sinceridad y angustia me contesto que no sabía en detalle que pasaba, el mal tiempo era una realidad pero ella dudaba que fuera tan solo ese el motivo, me dijo que en otra casa habían otras siete personas esperando, las cuales no pudo traer á su casa por falta de espacio, a ella se le estaba complicando el negocio, el esposo de ella lo vi llegar una sola vez en todo ese tiempo, y solo entro para cerciorarse que en realidad éramos los mismos doce que él había visto anteriormente.

Veinte días esperando y simplemente no lo podía creer, ordenaba comida y la hacía durar dos días, el apetito ya no era el mismo, entre la preocupación y el incierto de no saber qué estaba pasando, y además lo mal que sabían los alimentos, las ganas de comer desaparecieron, me mantenía con café y cigarrillos los cuales Sanny se encargaba de traérmelos, nunca supe ni tampoco nunca pregunte porque, por lo menos dos veces a la semana se cortaba el agua, en el patio se encontraban unos barriles, los cuales siempre había que mantenerlos llenos, y usar el agua para el toilet cada vez que se cortaba el servicio, el baño pasaba ocupado al pobre toilet ya le habían salido varices de tanto usarlo, las duchas cada vez fueron más esporádicas. Había uno de los Iraquíes que gustaba de compartir un cigarrillo conmigo, pasamos tiempo en el patio conversando en el idioma universal de las ceñas, cada vez que nos juntábamos durábamos horas tratando de saber aprender tanto el de mi como yo de él. El vocero era parte del grupo que dormía en el cuarto y este amigo era de los que dormían en los sofás, y por tal motivo el amigo no pedía ayuda para traducir lo que trataba de comunicarme, él era un tipo que trabajaba de maestro en su país, era casado y tenía dos hijos pequeños, también dijo que tenía familia en New York y que lo estaban esperando, cosa en la cual concordamos siendo dicha ciudad mi destino final.

Yo soy el menor de cuatro hermanos, los dos mayores hicieron carrera en las fuerzas armadas y el tercero, a pesar de haber estado por un tiempo en la misma institución que mis hermanos mayores, no continuó con la vida de uniformado, más bien quiso explorar cosas nuevas, por otros rumbos y fuera del país, así fue como llegó a de Grecia, donde logró trabajar en un Barco Mercante, el cual llegó a puerto Norteamericano, arribaron a la ciudad de New York, ahí se desembarcó y se quedó, con mucho esfuerzo y tenacidad se abrió paso y estableció su vida en la Gran manzana, trabajando en una compañía que se dedicaba a reparar la parte externa de los edificios que tenían algún tipo de filtración de agua. En una ocasión el dueño de la compañía en la cual él trabajaba, viajó a Chile siendo el compatriota nuestro, tubo la amabilidad de visitar a mi madre y al conocerlo en aquella visita, aproveche la oportunidad y le comente de la inquietud que yo tenía en viajar a Estados Unidos apenas terminara la escuela, me escuchó muy atentamente, y tan solo dijo ...... Yo no te puedo ayudar en tu viaje a Estados Unidos, pero si puedo darte trabajo cuando logres llegar. Esas palabras se quedaron grabadas en mi mente por mucho tiempo, desafortunadamente mi querido, amado y recordado hermano, perdió la vida en un accidente, siendo este el suceso más triste y devastador de nuestras vidas, no tan solo para mi querida madre, mis hermanos, su amada esposa, su pequeño hijo y mi padre, si no para toda la extensa y gran familia de la cual soy parte. [no puedo narrar nada más sobre ese acontecimiento, el llanto y la tristeza se apodera de mi y se me desgarra el alma.].

La promesa que hizo aquel hombre, de ayudarme con trabajo siempre estuvo vigente, y la ilusión de llegar a New York como destino final y trabajar en construcción nunca disminuyó en mi, todo lo contrario, desde que había salido de mi país meses atrás, hasta cuando estaba comiendo ese pescado desabrido preparado por la pésima cocinera del restaurante que nunca conocí, mis sueños y metas siempre fueron las mismas. El patio de la casa era una escapatoria del encierro que había dentro, los no fumadores también salían a despejar la mente, entre ellos conversaban bastante, se reían, y compartían lo poco que había para comer, el desánimo de algunos se dibujaba en sus rostros, cada uno de los que estábamos en ese lugar, había dejado atrás a más de algún ser querido, con la promesa y la ilusión de encontrar un futuro mejor. Con un cigarrillo en la boca y una taza de café en mi mano, fui conociendo a varios de los Iraquíes y sus historias, yo no tenía bando que elegir me daba lo mismo tratar de comunicarme con un miembro del cuarto o con uno del sofá, así fue como me di cuenta que atrás quedaron madres, esposas, hijos e hijas de todas las edades, alguno de ellos eran comerciantes, había un chofer de camiones, el profesor, y el vocero, quien compraba y vendía hasta el canario de la abuela, si le daban en el precio correcto, ya fuera en español, inglés o en su lengua nativa, si algo se podía vender, el le buscaba el precio y cliente.

Llegó la noche del día treinta y cuatro, una vez más me acosté en el closet, aburrido, hastiado, cansado e incómodo de todo y todos, pero siendo consciente de que todos los demás, estaban igual de incómodos y desesperados que yo y quizás aún más. Nunca dormí profundamente, siempre a sobresaltos, pendiente de cualquier movimiento o ruido a mi alrededor, esa noche no fue la excepción, eran aproximadamente las tres de la mañana y escuche bulla proveniente de la cocina, la cual estaba a pasos de mi closet, era la voz de Sanny y de unos tipos, primero pensé que era su esposo, escuche mencionar la palabra lancha y me levanté de un brico, fui hacia la cocina y ahí estaba Sanny con otros dos tipos que venían recién llegando desde Miami, hablando de lo difícil que estaba llegar a Bimini, ya fuera por el mal tiempo, o por la seguridad costera que se había doblegado en el último mes, por culpa de ciertas naves de contrabando divisadas y decomisadas en esa ruta, Sanny les preguntó por su esposo, a lo cual respondieron que estaba bien, pero no saldría de Miami sino hasta la próxima semana, todo lo que hablaban se entendía, pero para mi no tenía sentido, cómo era que el esposo de Sanny estaba en Miami, si no habían lanchas que salieran desde Bimini, ¿acaso se fue en avión?, o ¿desde otra Isla?. La verdad no me importaba mucho, pero era lo que estaba escuchando y automáticamente procesaba la información y analizaba buscándole sentido a todo lo que estaba sucediendo, en plena plática estaban cuando Sanny les dice que yo estaba esperando hace más de un mes para cruzar a Miami, los tipos me miraron y uno de ellos dice.. Pero acaso los clientes no eran de Irak o de por esos lados, ... Si, les contesto Sanny, pero él llegó después, de parte de Cantor.... ¿Cantor lo mando para acá? ..... Si.. ¿Tu conoces a Cantor? ......Si, nos conocimos en Bahamas hace un tiempo atrás y también al esposo de Sanny .... ¿Y el te mando para acá? ...... pues, si, eso es lo que se le ha dicho, ¿hay algún problema? ......¡No! Es que nosotros vimos a Cantor hace dos semanas, y no mencionó nada ... A, pues, que le puedo decir.... Está bien, chico, ¡te llevamos pues!. Ellos se fueron diciendo que regresarían como a las diez de la mañana, que todos se fueran preparando, si todo marchaba bien partíamos rumbo a Miami a eso de las doce o una de la tarde. A Pesar que era de madrugada, Sanny despertó a todos para contarles las buenas noticias, y la verdad que el ambiente cambió de inmediato, los Iraquíes empezaron a preparar bolsos, a empacar sus cosas, unos entraban al baño mientras otros tres esperaban su turno, los del sofá hablaban con los del cuarto como si nunca hubiesen perdido la amistad, se reían, cosa que ya ratos no pasaba, Sanny sufrió un ataque impulsivo de amabilidad y preparó una jarra de café, yo creo que con un par de globos, eso hubiese parecido fiesta de cumplaños, como yo no tenía nada que empacar, me serví una taza de café y me fui al patio a disfrutar de un cigarrillo, no pasaron dos minutos y mi fiel acompañante Iraquí quien tenia por nombre Samir llegó a mi lado y sin decir nada ambos nos desahogamos, dejando en el patio de las colillas de cigarro, toda la tensión acumulada por semanas, la incertidumbre de no saber nada con respecto al viaje, nos tenía a todos pensando al revés. Pasaron las diez de la mañana y los tipos no aparecieron, Sanny salió de la casa sin decir nada, la una y treinta de la tarde, silencio en la casa y me fume el ultimo de mis cigarrillos, cuatro de la tarde, llegó Sanny con uno de los tipos diciendo que tenían un pequeño problema y que la salida se había aplazado para el siguiente día, pero no era nada grave, de seguro saldríamos al día siguiente si o si. Lógicamente nadie estaba contento con lo ocurrido, pero el solo hecho de ver que los tipos estaban en la Isla nos daba un poco mas de seguridad y esperanzas de que si nos íbamos a ir, después de todo ese largo tiempo que estuvimos esperando, qué más daba esperar un día más, no quedaba otra opción esa noche que acostarse, sabiendo que al amanecer me iría de la Isla, dormir se me hizo una vez más casi imposible. Me levanté temprano pero no fui el único, aparentemente la noche de desvelo no fue tan solo para mi, lo primero que hice fue ir a la cocina a prepararme una taza de café, Sanny ya estaba recuperada del ataque sufrido el día anterior y actuó normal, osea no preparo café, y no hubo ningún intento de atención para con sus inquilinos, todos estaban ansiosos, maletas y bolsos listos. Ocho cuarenta y cinco de la mañana, otra vez llegó un solo tipo el mismo del día anterior, era un hombre de contextura mediana, no era delgado pero tampoco era gordo, mediría unos cinco pies y siete pulgadas más o menos, pelo castaño lacio y peinado hacia atrás, entró llamó a Sanny y entraron en el cuarto de ella, ahí estuvieron un rato se escuchaba su plática pero no se entendía nada, se abrió la puerta del cuarto y salió Sanny con la vista mirando al piso y moviendo la cabeza en negación, dando a entender que algo no estaba bien, o que en cierta cosa no estaba de acuerdo, alzó la cabeza me miró y me pidió que me acercara, ... Ven, el ayudante quiere hablar contigo ...... ¿El ayudante? ...... Si, él está en mi cuarto, así le dicen, Ayudante... Y, ¿por qué? ......el te va a explicar. Entre al cuarto y el tipo rápidamente cierra la puerta y me dice..... Chico, quiero que me hagas un favor, y es bien importante ..... Pues, ¿de qué se trata? ......Necesito que me acompañes a un lugar cerca de aquí a buscar un encargo que tengo que llevar a Miami, mi compañero en estos momentos no está para ir conmigo y no quiero ir solo...¿Pero de qué se trata? ...... yo te explico en el camino, tan solo falta hacer esa vuelta y nos vamos todos a Miami .... Esta bien lo acompañó, contar que nos vayamos hoy de esta isla. Lo que iba a pasar después que acepte acompañar a este tipo, no me lo habría imaginado jamás en mi vida. Nos montamos en una camioneta pick up negra en muy buen estado, y empezó a manejar con cierto apuro, yo me distraje mirando alrededor, después de todo no conocía la Isla en absoluto, desde que había llegado me encerré en esa casa y no salí más, el entorno no era el mejor se miraba sucio y un poco abandonado, pero de un momento a otro entramos en un área de muchos matorrales y árboles ya no se miraban calles, ni casas, nos introdujimos mas y mas entre los arbustos, árboles y matorrales algo así como un bosque, poco a poco fue mermando la velocidad hasta que llegamos a un punto que no se podía seguir avanzando, se detuvo, apago el motor y me dijo ….. Ya llegamos aquí es ….. ¿Aquí es que? ……. Aquí venimos a buscar el encargo…aquí no hay nada…es que hay que caminar un poco más adentro…... Está bien vaya usted, yo lo espero …….¡No chico, necesito que me acompañes!..., abrió la puerta miró para un lado y para el otro, se bajo y tomo un bolso viejo de cuero negro, de atrás del asiento, sacó un arma, un revólver y se lo puso en la espalda entre el pantalón y su trasero, tal y como lo han hecho en las películas una y otra vez, yo no lo podía creer, estoy por preguntarle para qué necesitaba un arma y saca otra, pero esta vez era un pistolón enorme, así como los que usaba Clint Eastwood en la película Dirty Harry y me la pasa ….¿que? …. Toma chico tu carga esa que es más grande …….¡Pero de qué se trata esto hombre!, ¡como que con pistolas!, ¡Como que cárgala tu! …….. Cálmate chico, esto es rápido y sencillo, vamos a comprar algo de marihuana, yo hago la compra tu tan solo me esperas afuera y después me ayudas a traerla ……¿Y para que las pistolas? ……¡Nunca se sabe chico, nunca se sabe!, vamos que se nos hace tarde. Nos pusimos a caminar por entre medio de todos esos árboles durante diez minutos, la pistola la cargaba en la parte del frente, dentro de mi pantalón y la tapaba con la camiseta, lo cual era ridículo, la pistola era tan grande que la miraba hasta el ciego de la plaza. Entramos en un desplaye en donde se encontraba una casa de madera en muy mal estado, pero estaba resguardada por ocho tipos con pistolas y dos de ellos con unas pequeñas metralletas, esto era de Hollywood, no podía creer lo que estaba viendo, el ayudante se detuvo, medio saludo a dos de ellos que eran los que estaban en frente de la puerta de entrada y me dijo, …….Ok, yo voy a entrar, tu me esperas aquí, atento por cualquier cosa sospechosa que veas, ……¡Esta bien aquí estaré! ….. Ahí me quede con un temple serio, calmado, frío, tenaz, calculador, sigiloso, presto, más la postura que tenía, mostrándome dueño de la situación y de estar rígidamente en espera del ayudante, ocultaban a la perfección el miedo tan horrible que sentía por dentro, yo sentía que me temblaban hasta las uñas de los pies, tan solo quería que todo eso se acabará de un a vez y nos fuéramos a Miami. De pronto salió el ayudante cargando una gran caja de cartón que ni la cabeza se le miraba, y otro tipo con otra caja de igual tamaño, la cual me paso para que yo la cargara, el ayudante me dijo …¡Vamos chico, esto ya se hizo! …… tomamos camino de vuelta por donde mismo habíamos llegado, pero no habíamos avanzado mucho cuando me trompese con un pedazo de rama que estaba atravesada en el camino, caí al suelo, el ayudante se detuvo para ayudarme ya que la caja con el cargamento también cayó junto conmigo, la caja estaba cerrada pero no sellada, por lo que se abrió un poco en la parte de arriba, el ayudante se acercó y abrió bien la caja y la bolsa plástica en donde estaba la marihuana, y empezó a maldecir una y otra vez, se enojó en gran manera, se llevaba las manos a la cabeza y maldecía todo y a todos, pateaba las ramas y empuñaba las manos, cerró la bolsa y la caja me miró y me dijo ….. Tenemos que devolvernos, esa marihuana está húmeda, tan solo revise la caja que yo traigo, esa no la revise, y me la dieron húmeda, ese material no me sirve, y ya les entregue el dinero, no me puedo ir con esa mercancía dañada. Yo entendía todo lo que decía, pero no comprendía la magnitud del problema o las consecuencias del mismo, yo jamás me vi envuelto en drogas, nunca había fumado marihuana, no tomaba licor, nunca había probado una cerveza, lo más que hacia era fumar cigarrillos, me consideraba un muchacho sano, pero nada de eso me salvaría del tremendo problema que tenía encima ……..., Ok chico, carga la caja y vamos de vuelta, pero esta vez levántate la camiseta y muestra la pistola ...., él sacó el arma del trasero y se la puso en frente, bien a la vista,........ No se que pueda pasar, pero tu tienes que estar atento a todo ...., Atento, estoy pero ...... ¿qué tanto puede pasar?.......¡Pues!, sí en cualquier caso hay que tirar plomo, pues nos damos plomo .... ¿Usted me está jodiendo o qué?, ¡darnos plomo! .... ¡No te preocupes chico! ....¿No te preocupes chico?. Yo no me creía capaz de ocultar lo espantado que me encontraba, pero igual cargue la caja y me fui con él a solucionar el problema ; Llegamos nuevamente a la casa y dejó su caja en el suelo, tomó la mía y empezó a gritar y a decirles lo que había ocurrido, a todo esto ellos tan solo hablaban inglés, pero era más que obvio lo que el ayudante les decía, y ahí estaba yo parado como soldado mostrando el pistolón, como si fuera un matón de primera listo para disparar, yo pensaba, si tan solo ellos supieran que hasta ese día el arma más letal que había tenido en mis manos, había sido una honda para tirar piedras y un tubo plástico para tirar cartuchos de papel. El ayudante entró a la casa acompañado de uno de los guardias, mientras que otro tomo la caja y la entro, cerraron la puerta y ahí quede, nuevamente frente a frente con el resto de los guardias, ellos mirándome de pies a cabeza, viendo aquel pistolón que salía de mi pantalón, y yo, mirándolos a ellos, cual de todos más rudo, temible, mal agestados y feos, por lo menos yo estaba guapo, muerto de miedo y casi orinándome, pero lo guapo no había manera de ocultarlo, a ellos no los hacía reír ni un camión lleno de payasos, la tensión era notable y creo que mi temor también, no se cuanto tiempo estuvo el ayudante dentro de la casa, pero para mi fue mas tiempo de lo necesario, esa puerta nunca se abría, uno de los guardias entró y tiempo seguido salió el ayudante, cargando la caja nuevamente y me dijo,......Toma, esta mercancía si esta buena, cargo la otra caja y salimos de ahí mas rápido que la primera vez, ya en la camioneta me contó todo lo que pasó dentro de la casa, a lo cual no puse atención, en ese momento no me importó lo que tenía para decir, me sentía molesto y utilizado, este tipo puso literalmente mi vida en peligro, por un negocio de contrabando del cual yo no tenía nada que ver, que tal si realmente habría tenido la necesidad de tomar el arma y defenderme, matar o herir a otra persona o poner en riesgo la mía, terminado mi viaje en ese preciso momento, por nada, por droga, por otras personas, por ingenuo y falto de experiencia. Esa fue para mi una de las lecciones más claras que había recibido, pude ver el comportamiento egoísta del ser humano, que utiliza a los demás para beneficio propio, sin importar las consecuencias ; Pero más fuerte fue el impacto que causó en mí, el darme cuenta que yo estaba haciendo lo mismo. Llegué a Bimini, utilizando y manipulando una información que alguien me había compartido, pensé egoístamente en mi beneficio, y la pregunta que me consumía era, ¿es peor persona el ayudante que me utilizó poniendo mi vida en peligro?, ¿o yo, que utilice a Sanny con información manipulada para hospedarme en su casa y lograr llegar a Miami?, creo que era muy joven para saber que el pecado no se juzga por su tamaño ni su origen, que tan solo se juzga por la desobediencia de no hacer lo correcto. Nunca supe que paso dentro de la casa, simplemente no le puse atención a lo que decía, ni siquiera me di cuenta cuando llegamos al muelle, en donde había una lancha atracada, el ayudante me mira y dice, ¡chico, en esa lancha nos iremos a Mimi!, mira ahí esta el capitán esperando ; bajamos las cajas y el ayudante empezó a contarle toda la odisea al capitán, quien era un tipo de unos cincuenta años, su cabello corto y rizado mostraba algunas canas así como su bigote y barba, un poco barrigón y de mediana estatura, a todo esto yo todavía andaba cargando el pistolón, me lo saque se lo entregue al ayudante y le pregunté al capitán por los demás, ahorita vamos por ellos me contestó, pero primero hay que guardar la mercancía, el ayudante se metió dentro de un pequeño espacio en frente de la lancha y sacó una parte del piso que era de doble fondo, sacó las bolsas de marihuana de las cajas, las puso dentro de otra bolsa y después la acomodo en el hueco que había entre el piso y el doble fondo, luego repitió la maniobra con la otra bolsa e instalo la tapa, nadie podría imaginar que ahí dentro había un cargamento de marihuana. Mientras miraba al ayudante hacer sus cosas yo pensaba y trataba de poner en orden lo que estaba pasando y todo empezó a tener lógica, Darío y Diego se habían ido a Miami sin pasajeros, porque iban totalmente cargados de marihuana, por eso Sanny me decía que ellos tenían que llevar otra cosa,...... ¿Tú sabes? ....., ¡pues ahora savia!. Por esa razón, temprano en la mañana Sanny salió de su cuarto con la cabeza gacha, acusando con sus gestos y postura, que algo le parecía mal, en algo no estaba de acuerdo después de hablar con el ayudante, estos dos tipos estaban supuestos a llevar personas solamente y no droga, pero ellos dijeron nos llevamos la droga y a las personas también, o tan solo la droga y sigues esperando por otra lancha que venga por ellos, pusieron a Sanny entre la espada y la pared. Nunca supe en qué otros negocios andaba el capitán, tampoco el porque no pudo ir con el ayudante a buscar el cargamento, no quise andar de sapo y preguntar, después de todo, cada quien andaba en lo suyo y tratando de conseguir un objetivo, por una parte Sanny quería su casa desocupada para traer nuevas personas y continuar su negocio, los Iraquíes tan solo deseaban salir de la isla y no seguir gastando su dinero en estadía y alimento, el ayudante y el capitán estaban haciendo tremendo negocio con doble entrada de dinero transportando inmigrantes y la marihuana, yo tan solo quería salir de ahí, antes que se dieran cuanta que Cantor no me había recomendado y la dueña del restaurante quien era la única que no deseaba que nos fuéramos y así seguir vendiendo su desabrida comida con sobrecitos de sal y pimienta. Vamos chico, acompáñame a buscar a los demás me dijo el ayudante,........ Está bien conteste, pero primero hablemos del viaje Miami,......... ¿Y qué quieres hablar?, ¡ya tenemos que irnos! .... Si, pero ustedes cobran setecientos dólares por persona, ... Si, ese es el precio,........ Y con la ayuda que les di, en buscar y traer la mercancía, poniendo mi vida en juego, ¿eso no vale nada?, yo creo que hice por ustedes más de lo que ustedes harían por mi, la verdad yo no tengo todo ese dinero para pagarles además estoy en deuda con Sunny, yo

puse mi vida en la línea por esa mercancía y por ustedes ¿o no? ....
Ambos soltaron una carcajada, y el Capitán me dijo, ...chico tu no
te preocupes por eso, ¡tu no pagas nada! y hablaré con Sonny de lo
tuyo.....que bueno, así pues si nos entendemos, vamos a buscar a los
demás ; Nos montamos en la camioneta y nos fuimos a casa de Sanny, al llegar vi que todos estaban listos y tomando sus pertenencias, a
lo cual el ayudante se opuso de inmediato y le dijo a Sanny,...... no
hay espacio en la lancha para tantas cosas que llevan, apenas caben
ellos, si quieren llevar equipaje, entonces no me los puedo llevar a
todos, solo a la mitad de ellos, tu decides Sanny, ...Yo no los quiero en mi casa, tengo a otras personas en casa de una amiga y tengo
que traerlos aquí. Sany llamó por un lado al vocero y le explicó la
situación, el hombre se la explicó a los demás y se armó el desorden.
Nadie quería dejar sus pertenencias y era entendible, pero el querer
salir de la Isla fue más importante para todos y cada quien minimizó
al máximo su equipaje a prácticamente nada. Yo no tuve tal preocupación, mis pertenencias, incluyendo la corbata que me obligó usar
mi madre, estaban en Bahamas y conmigo acarreaba solamente lo
necesario e inclusive ni eso, puse dentro de una bolsa plástica la biblia, el pasaporte y una identificación que tenía y las puse entremedio
de mi pantalón y el estómago, en donde mismo había cargado el
pistolón hace un rato atrás, me despedí de Sanny le di las gracias por
la estadía y por haberme recibido, ella me deseó suerte me dio un
abrazo, mas no me pregunto por el dinero de la estadía tan solo quería que me fuera bien, ella sabía lo que tuve que hacer con el ayudante horas antes. El ayudante dio la última llamada para montarnos a la
pick up y como niños de jardín infantil, salimos todos en fila india y
ordenaditos ; llegamos al muelle y empezamos a acomodarnos para
un viaje que supuestamente duraría dos horas y un poco más.

Nadie estaba preparado para lo que se aproximaba, ninguno de
nosotros se embarcó en esa lancha, pensando en tormenta, temporal,
lluvia, truenos ni rayos, para alguno de nosotros el trayecto desde

Bimini a Miami sería la parte más fácil de toda la travesía, una vez acomodados y cada quien en su lugar la pequeña embarcación se echó a la mar. Y aquí estamos, casi diez horas después, todos cansados, hambrientos, mojados, abatidos, desconcertados, pero con la satisfacción y la esperanza viva después de ver las luces brillando en las costas de Miami. Yo estaba soñando despierto, me veía trabajando en New York, se me venían a la mente recuerdos de la familia, de mis amigos, de la novia, pensaba que si había llegado tan cerca de la meta, que aun sus luces podía ver, ya nada impediría mi llegada, perdido en mis pensamientos estaba cuando veo un destello de luz enorme que iluminó la lancha en su totalidad, el ayudante dio un salto, me miró y gritó,...... ¡Toma la caña de pescar!, ¡Toma la caña de pescar!, ¡has como si estuvieras pescando!, las cañas estaban dentro de los tubos de metal a cada extremo de la lancha, yo me fui a un extremo y el ayudante al otro las cañas estaban amarradas con un caucho, pero logramos soltarlas más rápido de lo que pensamos, la luz nos seguía alumbrando y nosotros fingiendo que estábamos de pesca, las cañas no tenían lienzo ni nada como para hacer una pesca, pero el ayudante meneaba la caña para arriba y para abajo y yo copiaba todos sus movimientos, en ningún momento yo escuche ruidos de hélices o de motor, pero lo que nos estaba iluminando era un helicóptero de los guardacostas que andaba chequeando cualquier actividad sospechosa, dio varias vueltas sobre nosotros con el foco fijo sobre la lancha, y así como llego .... se fue. El capitán entró en pánico, y decía que todo estaba mal, que ese viaje estaba maldito, maldecía la hora en que decidió hacer ese viaje, decía que ya no quería a nadie a bordo, en cualquier momento podía venir una lancha costera a revisarnos y ellos pagarían con cárcel por todos nosotros, y por el cargamento de marihuana que tenían escondido en el subsuelo de la lancha. El capitán estaba fuera de sí, entró en un pánico total, el ayudante trataba de calmarlo pero sin éxito, de repente el capitán tomó por los hombros al ayudante y le dijo...¡Esto se acabo! .... Saquemos a todos de aquí, ¡no quiero a nadie a bordo!, yo no iré a la cárcel por nada ni nadie. El ayudante le contestó que aún estábamos retirados de la costa, que por lo menos se acercaran otro poco más y desde ahí que nos tiraran al agua y a nadar. Yo los escuchaba y por un lado entendía el riesgo que estaban corriendo, pero después de todo ellos estaban cobrando por dejar a cada uno de los viajeros en puerto fijo, tampoco podían dejar a nadie a la deriva así por así. El capitán aceleró la lancha rumbo a la costa, y en lo que nosotros acomodamos las cañas en su lugar, el ayudante me preguntó…, chico, ¿sabes nadar? ………, si, si puedo nadar……., ¿pero nadas bien o más o menos? …….. Yo creo que sé nadar bien.., que bueno, porque te vas a ir nadando hasta la costa…¡Cresta ….. está lejos!. Por mucho que nos acercamos a la costa, yo jamás había nadado a tanta distancia, pero la adrenalina estaba al cien, y sabía que no estaban jugando cuando tomaron la decisión de bajarnos a todos de la lancha, el capitán apagó el motor y me dijo, muchacho hasta aquí llegamos ahora te toca nadar, yo me saque la biblia que traía envuelta en una bolsa plástica entre medio de mi pantalón porque me dio temor a que se me cayera al nadar, también me asegure de hacerle un buen nudo a la bolsa para que no se filtrarse el agua, ya que entre sus hojas tenía datos y números importantes que necesitaría más adelante, un simple y apurado gracias y chao al capitán, y un adiós al ayudante, y salte al agua, me puse a nadar de inmediato pero con una sola mano, en la otra tenía la biblia, las luces ya no se veían tan claras como cuando estaba a bordo de la lancha pero si se distinguían, por lo menos sabía hacia donde nadar, el cansancio se hizo más notorio con la braseada y el pataleo, poco a poco la lancha se alejaba más, por momentos dudaba de mi capacidad física, me sentía débil, estaba trasnochado y mal alimentado, veníamos de estar más de diez horas arriba de una pequeña lancha y sobreviviendo un temporal inédito y brutal que nos había maltratado físicamente con tanto movimiento brusco de un lado a otro así como de abajo hacia arriba y viceversa, pensando en todo momento que nos íbamos a voltear y naufragar, pero de igual manera yo seguía avanzando, a la distancia escuché gritos y voltee a mirar hacia un lado y otro, pero no divise nada, seguí nadando, dando brazada tras brazada, y de repente vuelvo a escuchar gritos pero esta vez más fuertes, pare de nadar mire hacia atrás y divise la lancha a lo lejos, me percate de dos cosas, una era que estaba bien alejado de ellos pero la costa se miraba igual de lejana, así como también me percate que en la lancha había mucho movimiento y alcance a ver a uno de los tantos que estaban en la embarcación que me hacía señas como para que me devolviera, me quede flotando por un rato sin avanzar porque no sabía qué hacer, el detenerme me perjudicó porque en momentos me hundía y tan solo mi brazo con la biblia quedaba fuera del agua, me sumergía aguantando la respiración lo más que podía y pataleaba rápidamente para intentar salir a flote nuevamente, por momentos me desorientaba y no miraba la lancha ni tampoco la costa, el pelo largo y mojado se me pegaba en la cara y no podía quitármelo, el brazo libre lo mantenía en movimiento bajo el agua y el otro lo tenía ocupado sosteniendo la biblia en el aire para que no se mojara. Tengo grabado en mi memoria un recuerdo que en ese instante se me vino a la mente, a la edad de doce años un amigo de la familia al cual por cariño le decíamos tío, le pidió permiso a mi madre para que lo acompañara a la piscina la cual quedaba a minutos de donde vivíamos, mi madre accedió al permiso y nos fuimos entusiasmados con el tío a bañarnos en la piscina, era un día de verano caluroso y como estábamos en día de semana el lugar estaba prácticamente vacío, nos metimos al agua y disfrutamos de un buen tiempo, al ratito mi tío se salió del agua y se fue a sentar en una de las sillas que estaban alrededor de la piscina sin primero advertirme que no me fuera hacia el lado profundo por miedo a que me pasara algo bajo su cuidado, pero a esa edad yo ya sabia medio nadar y después de un largo rato vi que mi tío se quedó dormido tomando sol bien cómodo sentado en la cilla, aproveche la oportunidad de ir al lado profundo y probar mis dotes de nadador, poco a poco crucé la piscina de extremo a extremo y sin problemas, entonces dije, si puedo nadar bien en lo más profundo me imagino que no habrá problemas para lanzarme en un clavado salir a flote y nadar a la orilla de la piscina, observe a mi tío y dormía profundamente hasta baba le escurría por un lado de la boca, y para hacerla más de emoción me aleje un poco de la piscina para correr y tomar impulso, ¡y ahí voy! corrí por un trecho de unos doce pies de largo di un pequeño salto para elevarse, puse mis manos en frente de mi, estire mis brazos, salte y me sumergí en el agua, pero con la mala suerte que al caer fui a dar al fondo de la piscina y me di un fuerte golpe en la cara, exactamente en la frente entre mis ojos y parte de mi nariz, el golpe fue tan duro que alcance a ver las mismas estrellas que vi cuando el hermano de Troy de dio el golpe en la cara el día del asalto, sumergido en la piscina sentí que se debilitó todo mi cuerpo y no podía moverme para salir a flote, logre darme vuelta y podía ver la superficie y a la vez la orilla de la piscina, estiraba mi brazo para alcanzar el borde pero las fuerzas no me daban, ya no podía aguantar el aire y deje ir un poco provocando burbujas, ya no podía más, el pánico se apoderó de mí y sentí ahogarme, mis brazos perdieron totalmente la fuerza se empezaron a cerrar mis ojos, y de repente siento que bruscamente alguien me toma por la espalda y me sube a la superficie, era mi tío que había despertado y al no verme se asaro y lo primero que hizo fue ver dentro de la piscina. La noche, el cansancio, el hambre, la falta de sueño, la incertidumbre y la tormenta que había sobrevivido me estaban pasando factura y ahí no estaría mi tío para rescatarme. Decidí regresar, estaba más que agotado, me sentía exhausto, casi sin fuerzas, al acercarme a la lancha vi que abordo había un caos, todos gritando, el capitán y el ayudante maldiciendo a todos los Iraquíes, y me imaginé que por la forma de contestar de ellos, también respondían con insultos y maldiciones. apenas llegue el ayudante se inclinó para ayudarme a subir, una vez arriba me hice paso entre todos y me fui a sentar en el que siempre fue mi asiento, el capitán se acercó todo eufórico y con pánico en su mirada y me dijo que nadie quería tirarse al mar y nadar, ...¿y que quiere que yo haga?, hable usted con el vocero, él sabe algo de español, ... quiero que me ayudes a tirarlos al agua, ...¿Que? ......¡Ayúdame a tirarlos al mar! ......¡No!, alomejor no saben nadar.....¡Tienen que saber!, me contestó,......¡usted sabe que este no era el trato ni el servicio por el cual ellos pagaron!......¡Si chico, yo sé! pero tu viste que llegó la policía costera en helicóptero, estoy seguro que nos va a caer una lancha costera ¡y nadie se va a salvar!, todos terminaremos presos,....... Llame al vocero y le pregunte si entendía la situación en que estábamos todos, me contesto que tan solo quería que ellos cumplieran el trato o que le devolvieran el dinero, además había algunos que no sabían nadar, todos los otros le hablaban al vocero al mismo tiempo, unos gritaban, otros pataleaban, el ayudante trataba de calmarlos, el capitán me hablaba a mi, como si yo podía convencerlos de tomar alguna decisión, eso era de locos. Me puse de pie, y le dije a los dos, este no es problema mío, en cualquier momento puede llegar la policía costera y más aún con este alboroto y gritadera que tienen aquí arriba, a mi me a costado mucho llegar hasta acá, estoy más cerca que nunca para terminar mi viaje, y no voy a perder mi chance por ninguno de ustedes, yo me largo de aquí. El capitán dijo que les daba parte del dinero de vuelta, no todo, tan solo una parte pero que se bajaran de la lancha, el vocero habló con sus compañeros y estuvieron de acuerdo, pero siempre y cuando se acercaran un poco más a la costa, por aquellos que no sabían nadar, el capitán accedió y mientras el ayudante se encarga de devolverles el dinero, el capitán prendió el motor y procedió a dirigir la lancha hacia la costa, yo me sentía cansado con todo lo que había nadado, estaba un poco nervioso y preocupado por la policía costera, el helicóptero fue un verdadero aviso de que ya sabían de nuestra presencia a orillas de la costa, quién podía asegurar que los del helicóptero creyeron el cuento de que estábamos pescando. La lancha avanzó un buen trecho y nuevamente se apagó el motor y otra vez me despedí y me tiré al agua, una vez abajo, el ayudante y el capitán optaron por empujar a unos tipos sin previo aviso, otros se tiraron al igual que yo, pero los que no sabían nadar, los cuales eran alrededor de cinco, no querían tirarse, entre el capitán y el ayudante los tomaban del brazo y los inclinaban al borde de la lancha para que yo los alcanzara y los metiera en el mar, apenas cayó el último escuche el encendido del motor y en tiempo seguido la lancha arrancó, dejando un oleaje que provocó el desespero de todos, pero más en los que no sabían nadar, traté de abrirme paso entre todos pero era imposible, sentía que me tomaban por todas partes, tres de ellos no me soltaban y por lo tanto no podía nadar, me defendía pero tan solo tenía una mano libre, en la otra todavía cargaba la biblia, la cual no solté en ningún momento, entre golpes y tirones logre zafarme de dos, pero uno de ellos se aferró tanto a mi que me hundía, yo forcejeaba con el para que me soltara pero era imposible, de reojo vi como uno más se allegó a mi lado y al abrazarme me hundió, pero esta vez estuve sumergido al punto de ahogarme, con un gran esfuerzo logré salir a flote nuevamente y tomar aire, sentí como alguien me arañaba el cuello y la cara del desespero y a pesar de todo la bulla que teníamos con gritos y pataleos, pude escuchar entre tanto ruido como dos de ellos dejaron de luchar… ahí terminaron los sueños de superación, de felicidad y de un mejor porvenir para dos familias, la muerte empezó a nadar entre nosotros, pero no mire hacia atrás, el que se aferró a mi, no me dejaba nadar, le gritaba que me soltara para poder ayudarlo, el pánico era más grande que su razón, lo tenía sin control y por lo cual me seguía hundiendo, yo le decía una y otra vez que me soltara y así poderlo ayudar pero no me entendía, sus compañeros que sabían nadar lo dejaron solo, al igual que a los otros dos, no hubo entre ellos compañerismo, no se organizaron, no gestaron un plan de ayuda mutua, nadie se preocupó de los que no sabían nadar, cada quien se confió en sus propias fuerzas. La división que hubo entre ellos cuando estaban en casa de Sanny, se hizo presente en medio del océano. Al ver que era imposible comunicarme con el hombre, luche para zafarme y lo conseguí, empecé a nadar, el agua la sentía pesada todo estaba confuso quería seguir nadando pero mi energía estaba a cero nivel, me ardían los rasguños me costaba respirar, vi a uno ya casi sin fuerzas a mi costado y solamente a dos por delante mío, se me desgarro el alma cuando deje de escuchar los gritos del que me estaba hundiendo, pensé en devolverme y ayudarlo, pero no mire atrás, apenas tenía fuerzas para mantenerme a flote y yo no quería ser el próximo en dejar mis anhelos flotando a orillas de la costa, literalmente estábamos todos luchando por mantenernos con vida, tomé la biblia como pude y la puse nuevamente entre medio de mi pantalón, no podía seguir manteniéndome a flote y nadar con una sola mano, mire a mi derecha y vi a tres tipos tratando de mantenerse a flote pero más calmados y alejados, mire a mi izquierda y divisé a dos con la misma estrategia, manteniéndose a flote y avanzando, en frente todavía lograba ver a dos, el cuello y el rostro me ardían producto de los rasguños que me habían dado, estaba casi sin fuerzas, pero al mirar hacia el frente, aun más allá de aquellos dos que estaban flotando, se lograba ver que la lejana costa ya era una playa, las pequeñas luces eran postes que alumbraban la playa. No se de donde me salieron fuerzas y empecé a nadar pero esta vez en serio, con mis dos manos libres y pataleando sin parar, Aquaman me hacía los mandados en ese momento, pase cerca de los dos hombres que iban por delante mío, y después de nadar sin parar llegué a la playa, cuando pise fondo el agua me llegaba al pecho, empecé a caminar hacia la arena, las piernas me pesaban más y más en cada paso que daba, seguí caminando, nunca mire hacia atrás, no vi cuántos llegaron detrás mío, al vocero lo vi por última vez en la lancha, cuando la embarcación salió a toda velocidad, fue imposible reconocer un rostro nuevamente, la oscuridad el oleaje la adrenalina y el miedo no permitían ver con claridad, estaba seguro que no todos lograron sobrevivir, pero no se cuantos logramos salir caminando por la playa esa noche, no supe descifrar que fue más ensordecedor para mi, si el ruido del motor al salir a toda prisa, el grito de todos a mi alrededor tratando de sobrevivir, el ruido chillón que hacía la turbina fuera del agua o el silencio que se sintió, cuando unos cuantos dejaron su vida en las costas de Miami. Cruce toda la playa, apenas levantaba los pies para no arrastrar tanta arena, las piernas me pesaban con demasía, el ardor en mi cara y cuello se acentuó bastante, llegue a unas gradas de cemento, y comience a subir peldaño a peldaño, una vez arriba me encontré con la ciudad, con una vía peatonal y autos transitando a mi derecha, cada vez que daba un paso escuchaba el sonido que hacían mis zapatillas mojadas, mire de reojo hacia atrás y vi la huella de agua que estaba dejado detrás mío, estaba empapado pero caminando lo más normalmente posible, una pareja pasó caminando a mi lado y discretamente me miraron e hicieron unos gestos con algo de asombro. Camine y camine, me sentía realizado, pensaba, estoy literalmente dando mis primeros pasos en Estados Unidos, y aunque nadie sabía que había llegado, tampoco nadie me estaba esperando, yo me sentía dichoso de haber cruzado la meta. Me senté en una banca a orillas de la solera, y descanse un rato, mire para un lado y para otro pero no vi señas de ninguno de los que venían conmigo, no me explicaba el porqué, a mi no me tomo nada de tiempo salir de la playa, tampoco intente buscarlos temía que daríamos mucha boleta varios hombres saliendo mojados de la playa, saque la biblia de entre medio del pantalón y le quite la bolsa plástica, se había mojado un poquito pero prácticamente nada, saqué una dirección que tenía guardada la cual me había dado Shannon mi amiga del hotel en Bahamas, y seguí las instrucciones, me levanté y le hice señas al primer taxi que se apareció, mire la hora en mi reloj pero tenía más agua que mis zapatillas, me subí al taxi y le mostré la dirección el taxista me miró se voltio y me volvió a mirar, no era para menos, yo estaba mojado de pies a cabeza, no me preguntó nada y nos fuimos en busca de la dirección, en menos de media hora estábamos en el sitio, le pague, se fue y ahí quede, el lugar era como un sitio de turismo había una recepción con unas puertas dobles de vidrio, pero estaba cerrado, cuando me subí al taxi le pregunté la hora al chofer, eran las doce cuarenta y cinco, ahí si, no sabia que hacer, estaba contento de haber llegado pero me sentía abatido, estaba débil, tenia hambre, estaba mojado, " literalmente llegue de mojado ". Tanto observar la entrada y no me había percatado que tenía un timbre, lo toque y en minutos apareció un tipo gordito, mediana estatura, blanco, pelo totalmente canoso, de bigote, pantalón corto, camisa y sandalias. me miró de arriba hacia abajo y obviamente noto que estaba estilando, no espere a que preguntara nada y de inmediato le pase el papel en donde estaba escrito el nombre de Shannon, su número de teléfono y la dirección de ese lugar. El viejito empezó a decirme cosas y a explicarme otras, y con las ceñas de manos que hacía, entendí que Shannon no se encontraba en ese lugar, pero me pidió que lo acompañara adentro e hizo un a llamada por teléfono y me comunico con Shannon, ella estaba contenta de escucharme y yo también a ella, el viejito habló nuevamente con Shannon y al colgar me pidió que lo acompañara otra vez, pero esta vez me llevó a un pequeño apartamento de los cuales había varios en el recinto, me hizo entrar y me mostró el baño con su respectiva ducha, una mesita con dos sillas, una diminuta cocina, una cama, un televisor y un radio, todo muy bonito. Al ver que ya estaba a punto de marcharse le hice dos señas, una para pedirle algo de tomar y otra para saber si tenía cigarrillos. Regreso al ratito con un paquete de cigarros nuevito, una fanta en lata y una taza de café, me dieron ganas de abrazarlo al viejito, me mire al espejo y estaba demacrado, ojeroso, despeinado, mojado sucio y mas que seguro que hediondo, me di una ducha, me quite toda la sal que venía cargando, aproveche y lave los pantalones y la camiseta, me senté, prendí un cigarrillo y me tome el café. Me acosté pero curiosamente el cansancio tan solo permitió que me relajara, no logré dormirme completamente, las últimas veinticuatro horas habían sido intensas, todo lo acontecido daba vueltas en mi cabeza, al sentir el ardor de los rasguños en mi cuello y cara me hacían pensar en quien se había ahogado y en quien no, pensaba en todo lo que esos hombres esperaron para dejar la Isla de Bimini y viajar a Miami, tan solo para encontrarse con la muerte, dejaron a sus familias para darles un mejor bienestar, nunca pensaron en que jamás se volverían a ver. Han pasado muchos años desde que desembarcamos en la playa y aun recuerdo el silencio que sentí detrás mío cuando aquel hombre dejó de luchar por su vida, recuerdo que ese mismo silencio se repitió nuevamente en uno de mis costados, no sabría decir hoy en día si esa noche yo estaba luchando por llegar rápido a la orilla y cruzar la meta o si realmente estaba abriéndome paso a como diera lugar para que no me alcanzará el silencio que estaba terminando con todo los sueños, con todos esfuerzos, con todas las ilusiones de los que ahí estábamos. Hoy en día los años insisten con pintar mis cabellos de blanco pero yo no lo permito, mas eso no detiene el tiempo, los años mozos quedaron atrás juntos con la inmadurez y la inocencia, hoy hago recuento de las vivencias y experiencias que fueron formando mi carácter y personalidad, me veo lleno de virtudes pero las imperfecciones siempre han llevado la delantera, he tenido una cantidad respetada de triunfos pero mis fracasos inclusive le ganan a mis imperfecciones, he caído y caído una y otra vez pero he aprendido a levantarme y así como esa noche en que sentí ahogarme en medio del mar, nunca se me a quitado el instinto de seguir a flote de seguir nadando, al final del día siempre he logrado ver la costa y sus luces en cualquier adversidad.

El reloj despertador que estaba en la mesita de noche marcaba las ocho de la mañana cuando alguien tocó la puerta, era Shannon quien estaba feliz de verme, me preguntaba de todo, pero no encontraba cómo contarle con detalles la odisea vivida para llegar a tierras Norteamericanas. Por lo que logré entender ella vivió en ese lugar por un tiempo, pero ahora vivía en un apartamento más grande y cerca de la escuela, antes de irse le había encargado al viejito que si algún día llegaba un muchacho hispano con mi descripción, que le diera un llamada y ella vendría a buscarlo. Estuve una semana en Miami, Shannon me compró ropa y me dio a conocer un poco de la ciudad, después contacte por teléfono al que había sido jefe de mi hermano el cual también se alegró al saber que había llegado y cumplió su palabra. Una semana después llegué a New York y al día siguiente de estar en la Gran Manzana, empecé a trabajar en construcción. Tengo más de treinta años desempeñándome y ganándome la vida honradamente en el rubro de la construcción y remodelación, he tenido la satisfacción de trabajar en grandes obras, como aeropuertos, hoteles, bancos, centros comerciales, perdí la cuenta de las casas en las que he trabajado, me especializo en la carpintería, pero estoy capacitado para hacer toda remodelación necesaria o requerida. Desde que era un adolescente soñé con trabajar en construcción en los Estados Unidos. Doy gracias a Dios por permitirme el realizar mis sueños, por darme la oportunidad de ganar mi dinero haciendo lo que me apasiona, doy gracias a todas y a cada una de las personas que se cruzaron por mi camino, incluyendo a los tipos que me asaltaron, sin esa fechoría Troy no me habría presentado con su amigo del barco, todos jugaron un papel importante en mi travesía, todos encajan perfectamente en mi rompecabezas de la vida. Doy gracias a Dios porque en su gran misericordia permitió que en este país conociera su palabra y que volviera a nacer de nuevo en su evangelio, porque puso muchas personas en mi camino con su mensaje de amor y salvación, porque me permitió sentir y reflejar en mis ojos esa paz que vi en una de sus mensajeras cuando yo tenía quince años que y proviene solamente de él, le doy gracias porque permite verme imperfecto y pecador ante mi mismo y ante los demás, pero ante sus ojos no, pues he sido hecho según su voluntad, él no es el Dios castigador que un día me presentaron todo lo contrario, él es Dios perdonador. A través de los años y especialmente aquí, he escuchado historias tras historias de los inmigrantes que han logrado llegar a este gran país, no puedo comparar la mía con ninguna otra, porque todas son dignas de admirar y de contar, esta es la mía, ¿cuál es la suya?. Como dije anteriormente, he trabajado por treinta años haciendo lo que me apasiona, este gran y hermoso país me a brindado lo mejor, Dios me ha dado cuatro hijos, dos nietos, una maravillosa y bella mujer como esposa, juntos hemos sido los primeros en nuestras familias en echar raíces aquí en este lindo, próspero y poderoso país, por eso el motivo de este libro, he querido dejar por escrito el comienzo de esta familia, para que mi nieto mayor Brooklyn y su primo Zhao no sean ignorantes de sus comienzos, de su historia, del Chileno que llegó en busca de una mejor vida, de nuevas oportunidades de nuevos horizontes y que nunca dejó de soñar en que lo lograría, pese a las circunstancias y a los obstáculos, mi amada esposa también llego a Estados Unidos desde Guatemala con su propia historia y aventura. Ella y yo somos las raíces de nuestro árbol genealógico, plantado y regado con principios, honestidad, arduo trabajo y mucho amor en tierras Norteamericanas.